风铃鸟

马国兴　王彦艳　主编

风铃鸟系列美文读物

风比远方更远

文心出版社
·郑州·

图书在版编目（CIP）数据

风比远方更远 ／ 马国兴，王彦艳主编 . — 郑州 ：
文心出版社，2016. 5（2023. 3 重印）
ISBN 978 - 7 - 5510 - 0827 - 3

Ⅰ. ①风… Ⅱ. ①马… ②王… Ⅲ. ①小小说 - 小说
集 - 中国 - 当代 Ⅳ. ①I247. 8

中国版本图书馆 CIP 数据核字（2016）第 055222 号

出版社 : 文心出版社
　　（地址 : 郑州市郑东新区祥盛街 27 号　　邮政编码 : 450016）
发行单位 : 全国新华书店
承印单位 : 涿州汇美亿浓印刷有限公司
开本 : 700 毫米 × 960 毫米　　　　1 / 16
印张 : 11
字数 : 140 千字
版次 : 2016 年 5 月第 1 版　　印次 : 2023 年 3 月第 5 次印刷

书号 : ISBN 978 - 7 - 5510 - 0827 - 3　　　　定价 : 22. 60 元
如发现印装质量问题　请与印刷厂联系　电话 : 15711230955

目录 Contents

风比远方更远

荒

○非　鱼

岛，的确是荒岛。

偶尔的闯入者看见过碗口粗的蛇吊在树上吐着长长的芯子，还有猛兽。

民厌恶那个城市的遮遮掩掩和诡谲莫测，心怀鬼胎的人们时刻算计着别人和被算计，他怀着去死的决心登上了荒岛。让蛇吞了，让兽食了，总比让人折磨得不死不活要好。

民来到岛上，郁郁葱葱的森林，清浅的小溪，歌唱的小鸟，奔跑的野兽，让他欣喜若狂。

三个月过后，民觉得有点儿寂寞了。他和鸟兽尽管相处和谐，可彼此语言不通，他太需要把内心的感受告诉一个能听明白的人。于是，他下岛说通了一个女人跟他来到荒岛，两个人的日子有了诉说和倾听。

没持续多久，诉说和倾听变得重复、无聊，而且，两个人过日子怎么可以没有孩子呢？于是，他们生了一个孩子，健壮得像一头小豹子一样的儿子。

儿子一天天长大，在森林里跑来跑去，赤身裸体，奔跑的速度像风，爬树的敏捷像猴子。民的妻很担心，孩子要变成野人了，可怎么是好？他必须得到教育。

负责教孩子的老师被请到岛上，他耐心地教给民的儿子礼仪、知识。民的儿子渐渐失去了奔跑的能力，变得温文尔雅。到了十八岁，民的儿子提出他该结婚了，他要享受爱情。

第五个出现在岛上的，是一位善良美丽的姑娘，她和民的儿子结了婚。她带来了她的父母和弟弟，民和他的妻与两位亲家一起吃饭、聊天儿，谈论他们的儿子和女儿。

矛盾是偶尔产生的，来自那位教师。他因为那位弟弟骂了他，便恶毒地制造了一起谎言。民和亲家大吵一架，谁也不理会谁，除了那位教师。又没有第二个中立的人来劝和，他们整日不说话，彼此像仇人。

民觉得必须树立自己在岛上的威信。岛上的第九个公民来了，是一位公正的律师，他帮助民调解了和亲家的矛盾，并为民制定了岛上的公约。民作为岛主，拥有岛上的最高权力。监督公约执行的两名检察官来了，保证公约执行的三名士兵来了，这都是缺一不可的。

随着公约的执行，其中的漏洞越来越多，完善漏洞的同时，新的职业诞生了。民的儿子成了从城市向荒岛选拔、输送人员的最佳人选，他的妻则做了他的秘书，帮助登记每天都有哪些新的职业诞生，需要多少人员来补充。

厨师、保姆、侦探、心理医生、经纪人、司机、工人、制造商、乞丐、银行家……几乎每隔两小时，就有一个新的职员诞生。民看着他手下的子民越来越多，大家天天早上向他朝拜，温顺地听他训导，实在太高兴、太满足了。

民的儿子垄断了整个岛的经济，成了岛上的经济巨头，他的钱多得无法计算，却不知道怎么去花。他的父亲是岛主，那么他理所当然要拥有岛上的全部资产，他不能容忍还有那么多人从他的手里领工资,他开设了妓院、赌场、美容院、服装店,他必须让那些人把领的钱再乖乖地送回来。

民每天站在岛的最高处——官邸的楼顶,看着岛上的变化,得意扬扬。这都是他的功劳啊,他是这座小岛的开拓者,是至高无上的王。

森林已经砍伐得差不多了。要造纸,要造各种各样的房子,到处需要木头。森林没了,民就命令大家种草。驱逐和猎杀,让鸟兽变得非常稀罕,民命令大家紧急建造动物园,把剩余的动物保护起来。

政变似乎在一夜之间突起,有人说民老了,要他让位,说他的儿子骄奢淫逸,横行霸道,让岛上的经济处于极度混乱的状态。

尽管政变被镇压下去了,可民变得焦虑不安,他不知道那些觊觎他权力和他儿子金钱的人藏在哪里,他们什么时候会突然再次发起政变,甚至突然枪杀他们,或者绑架他的孙子。

民的焦虑越来越重,整日忧心忡忡,疑神疑鬼。岛上最权威的医生说,民患了抑郁症,他必须到一个清静的地方休养三个月,否则,他不会活过一年。

民听取了医生的劝告,他给儿子留了一封全权委托书,要他处理岛上的一切事务。

民乘坐一叶小舟,在一个清晨离开了岛,他的手下已经为他寻找到了另一座荒岛,他将一个人在那里静静地调养。

小舟渐行渐远的时候,民回头看了看曾经的荒岛,现在,那是一座多么美丽的现代化城市啊!

风比远方更远

○非　鱼

　　黑皮的声音踏云破月而来,穿过草原的花朵,挤过热闹的人群,沿着霓虹温暖的光,与无数只耳朵相遇,是周云蓬的《九月》。

　　苍凉的声音如同夜晚的一场细雨,淋湿了整个广场;流动的人群突然停下来,定格在那里,不知所措。

　　在黑夜来临之前,城市短暂的沉寂里,突兀的歌声让这个黄昏显得格外忧伤。作为一名流浪歌手,黑皮习惯了在陌生的城市、在陌生人面前唱自己喜欢的歌。

　　愣住的人们渐渐清醒过来,呈扇形围拢他和他的声音。闭着眼睛,黑皮也能感觉到周围安静的人群在听他唱歌。一首接一首,他弹拨着吉他,不停地唱。有人走了,有人来了,有人往他的琴盒里扔钱,这些似乎都和他没关系,他只是唱,唱着欢乐和忧伤。

　　夜渐浓,他唱最后一首歌——《我要去泰国》。腿有点累,他靠着身后的广告灯箱,低垂着头,轻轻拨弄琴弦,把这首歌唱得轻松舒缓,还带点调皮。

　　这时,黑皮看到了坐在地上的二泉。

　　当然,二泉这个名字黑皮后来才知道。他看到的二泉,标签非常鲜明,衣衫褴褛,头发过长,面目黧黑,犀利哥一样。二泉低着头,不

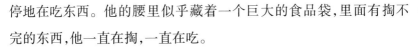

停地在吃东西。他的腰里似乎藏着一个巨大的食品袋，里面有掏不完的东西，他一直在掏，一直在吃。

曲终人散，黑皮把琴盒外散落的硬币捡起来。清点一下，还不错，有三十多块钱，可以喝一杯了。

二泉似乎意犹未尽，他站起来，递给黑皮一个五毛的硬币。黑皮一愣，下意识朝回推了推。二泉又递过来，咧嘴一笑，龇出几颗白牙，眼神一闪，明亮而深邃。

黑皮走过无数的城市，见识过无数的人，看到二泉的笑容和眼神，像被拨动的琴弦，他的心微微一颤。黑皮把钱接过来，说：谢谢。

此后的好几天，黑皮一开始唱歌，二泉就过来，依然坐在地上，依然不停地从腰里掏东西吃。吃得很认真，似乎在听，也似乎没在听，但最后，总要递给黑皮五毛钱。

二泉再把五毛钱递过来的时候，黑皮拉住他的胳膊：兄弟，喜欢听我唱歌？

乱糟糟的头点一点：舒服。

黑皮说：一起喝一杯？

二泉的眼里冒出光：喝一杯。酒是好东西。

于是，夜幕笼罩的城市里出现了这样一幕：一个流浪歌手，背着一把吉他；他的旁边，走着一个趿拉着拖鞋的流浪汉。

露天地摊，一盘毛豆，一盘花生米，一大桶生啤，两个人自斟自饮——不用劝，都不客气。黑皮是在第一杯酒下肚以后，才知道二泉的名字的。

黑皮说：敬你一杯，冲你每天的五毛钱。

二泉说：敬你，为你的歌。

黑皮放下酒杯，把吉他掏出来：兄弟，点一首，我给你一个人唱。

二泉摆摆手：不用。酒就挺好。

酒越喝越暖,话越说越稠。黑皮的头都快抵到桌子上了,眼泪和酒一起顺着脖子往下淌,嘴里不停地喊:兄弟,兄弟。

二泉沉默着、听着,一杯接一杯,喝。

黑皮说:兄弟,你不知道,她有多好,她是真好啊。这个世界上,能把人杀死的,除了爱情,还是爱情……你知道吗,兄弟? 爱情!

二泉仍沉默着。黑皮继续说:没了,才知道啥叫没了。精辟啊。我到处找啊找……可她是真没了。

黑皮沉浸在自己的世界里出不来,倾诉的声音归于含混的呜咽时,他看不到二泉藏在眼里的泪。每一个流浪的人背后,都有一大串忧伤的故事。黑皮会用音乐说,会在喝了酒以后说,但二泉不会,那些故事,已经化在他的生命里,成了他身上一副坚硬的铠甲。

第二天,黑皮醒来的时候,发现自己躺在大桥下一张破席子上,身上盖着一个被单,旁边放着一杯豆浆、几个包子,还有他的吉他。头痛得厉害。他使劲想,也想不起自己怎么会睡在这儿。当然,肯定是二泉把他弄到这儿又给他买了吃的。

二泉不在。黑皮等到中午,也没见他。此后的好几天,黑皮在广场上唱起那些熟悉的歌,他希望二泉会听到,会坐在他面前,不停地从腰里掏东西吃,然后一起去喝酒,但没有,二泉没再出现。

他试着去找过。不唱歌的时候,他沿着一条条街道找,到城市的边缘地带找,到大桥下去等,都没有见到二泉。

黑皮在心里重复着那句话:没了,才知道啥叫没了。没了的,不单单是他的爱情,还有他在这个城市唯一的朋友。

该离开了。风在远方,但比远方更远。流浪的人就像风一样,总要朝下一个远方奔。

在火车站,黑皮才又看到了二泉。就像突然消失一样,他突然站在他面前,笑嘻嘻地咧着嘴说:兄弟,走啊?

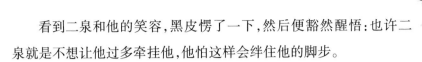

看到二泉和他的笑容,黑皮愣了一下,然后便豁然醒悟:也许二泉就是不想让他过多牵挂他,他怕这样会绊住他的脚步。

他拍拍二泉的肩:走。一起?

二泉说:不了。

黑皮说:那保重。

二泉脏兮兮的手挥一挥,留给黑皮的,是一个模糊的背影。

树

○刘国芳

一棵树长在村口。其实,离村不远长着好多好多树,但因为那棵树不跟它们在一起,所以,那棵树看起来孤零零的。

一个老人,也是孤零零的。老人总到树下,累了,在树下歇着;热了,在树下乘凉。树在风里哗哗作响,那是树在说话,说又来啦。老人听得懂树的声音。老人说我们都很孤单,我来跟你做伴。树也听懂了老人的话,树在风里摇曳着,那是树在向老人点头。老人也点头,笑着。

这天,老人又在树下待了好久,天晚了才回家。老人在家里也看得见树,树站在那儿一动不动。但这晚,老人发现树动了,准确地说,树会走了,树走到了老人跟前。

老人惊呆了,老人说:"你是谁?"

树说:"我是树呀,你天天在树下乘凉,还不知道我是谁?"

老人说:"你也会走?"

树说:"不可以吗?我才不愿意永远待在一个地方哩,我想像你们人一样,到处走。"

老人说:"你们树也想走呀?我还以为你们只愿一动不动地待在一个地方。"

树

树说:"谁愿意那样,动不了,你们人类想砍就砍,想伐就伐!"

老人说:"那是,会走动,就可以躲。"

老人说着,看着树走动,树走起来像风一样,往前面去。老人见了,又喊:"你去哪里呀?"

树说:"我想去你家里看看。"

老人说:"我带你去。"

老人就带树去了自己家。树很聪明,很快就发现老人一个人生活。树问老人:"你家里只有你一个人?"

老人点点头。

树说:"我记得你以前有儿有女,他们也往我跟前走过,他们呢?"

老人说:"他们都生活在城里。"

树说:"你为什么不愿去?"

老人说:"我去过,但住了几天就回来了,我还是觉得在乡下好,空气好,也自在,不像城里,到处是房子,一棵树都没有。"

说到城里,树就一脸的羡慕,树说:"我从没去过城里,你能带我去城里看看吗?"

老人说:"可以呀。"

老人说着,带树往城里去。树走得很快,一会儿,他们就来到了城里。果然,城里一幢房子挤着一幢房子,没什么树。即使有树,也是一些很小的树。树在城里走着,惹很多人惊奇,他们都说:"看,那棵树怎么会走呢?"

树有些得意,树跟老人说:"会走动真好,可以到处走。"

老人说:"你慢点儿,城市不比乡下那么空旷,不要撞到人。"

树慢下来。后来,在一条大街上,树不愿走了,站下来,立刻有人站在树下,还说:"这棵树真大。"

有风吹来,树叶哗哗作响,站在树下的人又说:"真凉爽。"

老人当然在树下,老人说:"凉爽就多栽些树呀!"

一个人说:"哪里有地方,有栽树的地方可以多盖一幢房子。"

树听了,就说:"那我们不能待在这儿,影响他们盖房子。"

说着,树风一样走了。

老人跟着树走,在一个地方,老人跟树说:"这地方原来叫枫树湾,以前有一大片森林,后来,所有的树都砍了,盖了几十幢大房子。"

树叹了一声。

在另一个地方,老人说:"这个地方叫樟树下,有好多好多大樟树,也砍了,盖了房子。"

树又叹气,树说:"我的同伴越来越少了。"

树后来又停下来,那儿风景好,树不想动。但不一会儿,他们看到一伙人拿着电锯在那儿锯树。树吓坏了,跟老人说:"赶快走,不然,会被他们砍了。"

说着,树跟老人一起走了。

但奇怪的是,他们找不到原来的地方,他们像迷路的人,到处找,也不知道原来的地方在哪儿。老人从来没遇到过这样的事,老人一急,醒了。

原来老人在做梦。

老人急急忙忙爬起来,去看那棵树。很快,老人看到那棵树了,但树歪在一边,被人砍倒了。

老人跑过去,老人问几个砍树的人:"为什么把树砍了?"

几个人不睬老人,只有树,倒在风里飒飒作响。

那是树在哭泣。

老站舍里的老鼠妈妈

○杨瑞霞

很久以前,我在一个小镇上的火车站工作。

小镇很小,不多的一些房子散落在公路边上。老站舍离铁道很近,每当列车呼啸而过,躺在床上能感觉到床铺的颤动,但这些并不影响小站夜晚的安静,它从来就是小站的一部分,而且因为习惯了,也并不打扰我的睡眠。

但是有一天半夜时分,我突然被惊醒了,惊醒我的是一种我不熟悉的声音,而且我断定这种声音一定是来自某种小动物。那种异常的声音是从我的单人床的床头柜里发出来的,那里面放了不知是上几辈子行李员用过的旧表格之类的东西,很久没有清理过了。

醒了之后,我没有动,侧耳细听,里面传出来时而窸窸窣窣的小响声,时而叽里咕噜的稍大的响声。我想,床头柜也藏不下大型怪物,于是大着胆子敲敲床头柜的门,警告里面,安静点,我在睡觉。敲过之后,响声消失了。可是那种惯常的安静刚保持了一小会儿,没等我睡着,响声又起来了。如此折腾了几次,我睡意全无,索性起床,开了灯,蹲在地上,打开了床头柜的门。

我手里拿着一把生炉子用的铁火钩,从床头柜里往外扒拉那些旧表格、登记簿,还钩出来一个旧椅垫。正在这时,一只老鼠飞快地从里面跑了出来，还没等我看清楚，它就从后门下边的缝隙处消失了。这时我才发现那扇厚重木门的下面似乎多出了一个小洞口。

我一向厌恶老鼠，这只老鼠的突然现身，让我感觉心里很不舒服，而就在这时，床头柜里又游出一条三尺来长的蛇，也从门缝处遁去。幸好我不是很害怕蛇，否则我半夜三更的失声尖叫，听上去一定很瘆人。

这时，我才明白床头柜里原来正在上演一场鼠蛇之战。行李房的后门通向小站的后院，小院的下面是公路，再远处是无边的田野。外面的世界这么宽敞，它们为什么要到床头柜里去打仗呢？真搞不明白。

随着老鼠和蛇的撤离，战争平息了。我开始把扒拉出来的东西放回床头柜，准备收拾完了，接着睡觉，可就在这时，我听到柜子里好像还有动静，很小很碎的，像是小动物的叫声，又像是纸片撕裂声。因为担心里面不知还隐藏着什么不同寻常的活物，我决定对床头柜进行一次彻底的清理，反正这一晚上的觉我也不打算睡了。

我把火钩伸到最里面，这次扒拉出一堆纸屑棉絮，而随着纸屑棉絮一起出来的，竟然是四只小老鼠。

小老鼠看来刚出生不久，粉红色的小身子，很嫩。从床头柜的窝里一下子掉到了冰冷的水泥地上，显然很不适应，闭着眼睛吱吱叫着在原地打转转（说它们闭着眼睛，是我猜的，没看那么仔细）。

我稳了稳神，脑子里开始盘算处置它们的方案。首先想到的是马上把它们消灭掉。可是以什么罪名捕杀它们呢？老鼠作恶多端，人人都知道，但眼前这四只小老鼠刚刚出生，什么坏事还没来得及干，一副清白无辜的样子。我真是有点下不了手。

那么就采取另外一种方案。刚才逃走的那只老鼠，无疑是这四只小老鼠的妈，刚才柜子里的响声，无疑是它们的妈为了保护孩子在和蛇进行搏斗。而正是我的出现,才使得它不得不舍弃了刚搬好的新家仓皇出逃,不得不遗弃了自己的孩子……照此推理,我似乎应该对这四只小老鼠的生命安全负责。可是谁会养小老鼠呢?

我甚至还想到了外勤值班员老于说过的一个偏方,把没长毛的小老鼠装进瓶子里,用香油泡上,在地下埋上几年,再挖出来,治烫伤非常灵验……

正在我胡思乱想的时候,一个意想不到的情况出现了。那只逃走的老鼠回来了。

它先是在门缝那里试探了几次,见我对它的出现没有什么反应(实际上我已经让那几个小东西给弄蒙了),便径直来到我跟前,叼起一只小老鼠,很麻利地顺着原路跑了出去。过了不大的工夫,它又返了回来,照原样又叼走了一只。眨眼之间,我眼前的四只吱吱乱叫的小老鼠就变成了两只。

当时行李房亮着100多瓦的灯泡,我就蹲在那儿,那只老鼠在我的眼前几番跑进跑出,我连它身上的老鼠毛都看得很清楚,而我的手里还握着那根铁火钩,生炉子的时候,我常用它敲开那些大块的烟煤,现在我只要一出手,老鼠登时就得丧命。可是当时的情形是,铁火钩并没有落下去,老鼠也好像忘记了害怕,或者根本就是我怕它。

紧接着,那只老鼠又第三次返回,并叼走了第三只小老鼠。于是我的眼前就只剩下了最后一只,还在那儿光着小身子盲目地叫着爬着。

忽然我有些生气了,光天化日之下(虽然是晚上,可电灯很亮),这只本该胆小的老鼠竟然如此大胆,公然在我的眼皮子底下,解救走了三只小老鼠,当我不存在吗?再说老鼠从来就是人类的公敌,平时人们想逮它都逮不着,而现在我却如此轻易地放过了它们,简直是天理难容。不行,不能太便宜了它。于是,我从废纸里捡出一个牛皮纸信封,把最后一只小老鼠装进去,把封口折了一下,然后放到原地。

这时那只老鼠又返回来了,并且很快判断出最后那只小老鼠就在那个信封里。它先是围着信封转了几圈,然后用嘴叼起信封的一头,在地上拖着往门口拉,到了门缝那儿,信封被挡住了,老鼠试了几次也没能弄出去。我往前挪了一下脚步,想看清楚一点,被老鼠察觉了,它丢下信封,从门缝钻出去,跑了。

也许它决定放弃了,或者它是去搬救兵去了。我正想着,那只老鼠却又回来了,还是像刚才一样,叼着信封使劲在门缝那儿折腾,还试图用牙把信封咬开,反正看它的架势是无论如何也要把它最后一个孩子带走。这时,我有些不忍心了,伸过手去,拿起信封,把困在里面的小老鼠倒了出来。我这样做时,那只老鼠就躲在一边惊恐地看着,小老鼠刚一落地,它就跑过来,把小老鼠叼上,飞快地溜走了。

那天的后半夜,我没有睡着,以前没注意过夜里竟然有那么多的列车从小站上通过。忽然想到听妈妈说过,我出生那年,父亲正在这个小站当扳道员,他是跑通勤,下白班没有通勤车回不了家,就睡在老站舍后院的休息室里。妈妈说,那年的雨水很大,蚊虫肆虐,父亲把他的单人蚊帐拿回家,把我放在里面。那些被蚊子重重包围的夜晚,他是怎么过来的呢?

…………

后来我离开了小站,很多年没再回去过。现在,小站已经被拆除了。

我家咪咪不识数

○杨瑞霞

那时我家还在住平房，四间北房分别是客厅、卧室和书房，东厢房是厨房，西厢房是储藏间，也是咪咪的家。从它还是个小猫崽时就住在那里。

我家咪咪是只纯白的母猫，刚来我家时像个娇柔的小姑娘，后来它长大了，再后来，它怀孕了，就在它要生小猫的前一天，它自作主张把家从西厢房搬到了北屋。

那天晚上我下班回到家，发现它正躺在我卧室的衣橱里，身子下面还铺着我的一件旧衣服。我叫它，不理，想抱走它，不让，好像打定主意从此把家安在那儿了，看它有些焦躁，我也只好由它去了。

前半夜，我正在睡觉，被它的叫声吵醒，睁眼一看，咪咪正用前爪扒着床沿，用它的猫脸对着我的脸大叫，我起来，看着它，它又走进衣橱里趴下，我过去抚摩它的肚子，它呼噜呼噜地像是睡着了，我回到床上，再接着睡，可刚睡一会儿它又对着我的脸大叫，这时我才想到，它是不是要生了，也像人一样会有阵痛？或者它也紧张、害怕，让我陪着它？

一直折腾到第二天早晨，它还没有生，我只好给它在衣橱旁铺了一个舒服的窝，把它抱出来放在那儿，然后去上班了。

中午下班回到家,看到咪咪已经生了,正疲惫地躺在它的新窝里,怀里有三个小猫,也都是纯白色。

我给它煮了小米粥,还有鸡蛋。

虽然咪咪是第一次做母亲,但它很会带宝宝,几天后小猫个个长得又健壮又漂亮,它每天小心地守护着它们,几乎寸步不离。我给它喂食时,常忍不住把雪团似的小猫捧在手上,总也看不够。而每到这时,咪咪就不吃不喝,很警惕地望着我。

我记起有人说过,母猫生了小猫后,一旦被属虎的人看到,它就会搬家。我对这个说法有些怀疑,猫怎么可能知道人是属什么的呢,我想,再说了,我又不属虎,而且平时它最信任我,估计看看它的宝宝不会产生什么不良后果。可事实证明,我有点儿过于自信了。

就在咪咪生下小猫十多天的时候,中午,我去喂猫时,忽然发现猫去窝空,大猫小猫都不见了。我找遍了北屋,东西房,都没有,又在院子里踅摸,这才发现咪咪带着三个儿女住进了门洞和院墙之间的夹缝里,而且把家安在了最里端。那个夹缝也就一尺宽,人侧着身也进不去,这下不要说摸到猫宝宝,连看都甭想了。任凭我在夹缝外怎么叫,咪咪也不肯出来。我只好把猫食放在了夹缝口那儿。后来那几天它和孩子就一直在那里。

几天后的一个下午,天气非常闷热,一场暴雨即将来临。我开始为咪咪一家担心。这时,我看见咪咪从夹缝里探出身来,嘴里叼着一只小猫,匆匆地跑进北屋我的书房,然后钻进书房的单人床下面,把小猫放下后,接着跑回去又叼来一只。我撩起床单一看,它这次把家安在了床下的一个纸箱里。原来它早就为全家找好了避雨的场所。此刻它正眯着眼睛给小猫喂奶,还一脸心满意足的表情。

我有些纳闷,应该有三只小猫,它怎么只叼来两只呢?我来到夹缝那儿,听到里面好像还有小猫在叫。真是个粗心的妈妈。我走进书房,把咪咪抱出来,它很气愤地冲我又抓又叫。我把它扔进了夹缝里,它这才发现了自己这个严重的错误,它急忙跑进去,把第三只小猫叼进了纸箱。这时,天上开始噼里啪啦地落雨点了,我总算是可以放心了。可没想到的是,咪咪把第三只小猫放好后,自己却又一次返回到院子里,冒着雨钻进夹缝继续寻找,一边找一边叫,一副失魂落魄的模样。

这时我才明白,原来咪咪根本不知道自己生了几个宝宝,它没有数字概念,所以它的戒备心才这么强,它寸步不离地与宝宝们厮守着,可能它认为只有这样才不会失去它们。

一路莲花

○闵凡利

小和尚经常见师父望着西方膜拜,小和尚心里就充满了好奇。小和尚就问老和尚:师父,你这是干什么?

老和尚说:我这是在拜佛。

小和尚那时刚到寺里不久,小和尚还不知佛是什么。小和尚那时只知道:佛就是他们天天参拜的泥胎,天天那么庄严地端坐在莲花座上,那么微笑着。佛其实什么也不管。佛管什么呢?佛又不能给你粮食供你吃,又不能给你布匹管你穿。有一天,小和尚把这个想法说给了师父。老和尚听了只是说你还小,你还不知道活着还有比吃穿更重要的东西。小和尚问师父是什么,老和尚说,你大了就明白了。

又是几年春水绿。那时小和尚除了哭和笑之外又知道了皱眉头。小和尚就明白了师父话里的意思了。不过,小和尚还是有些不明白:佛,到底是什么呢?

一个冬天,有一位从南方来的施主给师父送来了一包冰糖。恰巧那天,小和尚又问了师父这个问题。小和尚问:师父,我们怎样才能认识到我们天天参拜的佛?我们怎样才能知道佛法无边而佛又是无处不在呢?

小和尚说:师父啊,我读的经书这么多,书上虽然说得很透彻,可

018

还有没有更简单的方法来说明这个问题呢？

老和尚自言自语道：该给你说了，该给你说了。

老和尚就让小和尚用钵盛来一钵水，把几块冰糖放在钵里，老和尚用手搅了搅水，不一会，冰糖就完全溶化在水里了。老和尚对小和尚说：你把我刚才放下去的冰糖取出来吧！

小和尚看了看钵里的水，清清澈澈，什么也没有。

老和尚对小和尚说：你尝尝钵里的水，味道如何？

小和尚端起钵喝了一口说：好甜啊！

老和尚又对小和尚说：你再尝尝底层的水是什么样的。

小和尚就又用勺子舀了钵底层的水尝了，说：师父，一样甜的。

老和尚说：孩子，假如说佛涅槃成这块冰糖，而钵内的水就是咱们居住的这个红尘，孩子啊，你所尝到的甜其实就是佛啊！

小和尚听了恍然大悟说：师父，我明白了。我明白了！

从那之后，小和尚就认认真真地做事，踏踏实实地念佛。转眼之间，小和尚已长成大人了。老和尚也就更老了。也就从那个时候起，老和尚和小和尚做出一个决定：去灵山朝圣！

灵山在很远很远的西方，那得走很久很久的路，受很多很多的罪，吃很多很多的苦。师徒俩下定决心，不论遭受什么样的磨难，一定要在阴历四月初八佛祖的圣诞日那天赶到他们的圣地——灵山。

师徒二人在一个阳光明媚的日子踏上了征途。他们一边化缘一边赶路，晓行夜宿，马不停蹄，不敢有半点的倦怠。日复一日，月复一月，年复一年，太阳升了又落，花儿开了又谢，草木枯了又荣。师徒二人不知走了多少时日，这一天，师徒二人来到了沙漠中。就在这时，小和尚病倒了。为了完成他们的心愿，开始老和尚搀扶着小和尚走。小和尚的病越来越厉害，老和尚就背着小和尚走。这样一来，他们行进的速度就慢了下来，开始是两天走不完原来一天的路程。后来是

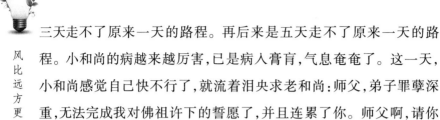

三天走不了原来一天的路程。再后来是五天走不了原来一天的路程。小和尚的病越来越厉害,已是病入膏肓,气息奄奄了。这一天,小和尚感觉自己快不行了,就流着泪央求老和尚:师父,弟子罪孽深重,无法完成我对佛祖许下的誓愿了,并且连累了你。师父啊,请你不要再背我了,赶路要紧哪!

老和尚的泪哗地流了下来。老和尚望着小和尚那张被疾病折磨得已经变形的脸,又毅然把小和尚背在身上,老和尚望着西天的漫漫征途,他一步一个脚印,艰难地行进着。一边走一边说:孩子啊,到灵山朝圣是我们向佛祖许下的誓愿,到佛祖跟前能给他上一炷高香那是我们的目标。我们已经上路了,并且我们在走,孩子啊,那灵山就已在我们心中,佛祖就已在我们的眼前了。孩子啊,也许我们一生都不会到达灵山,也许我们马上会到达灵山。无论怎样,我们的走是在表明我们的决心,表明我们的意志和坚强。孩子啊,坚强起来吧,只要你的心中装上了佛祖和灵山,不论你走了多远,不论你到与不到,你都已经抵达了,你都已经完成了你的誓愿。孩子啊,放下吧,放下你所有的病痛,放下你所有的负担,放下你的悲观,就像师父我一样,向前走,一直向前走,能走多远就让我们走多远吧!

小和尚听了老和尚的这番话,猛然间开悟了。他说:师父,我明白了。我明白了!

那时他们已经走出沙漠,小和尚的病却奇迹般慢慢地好了。就在他们已接近灵山的时候,老和尚却圆寂了。老和尚圆寂之前没有什么征兆,当老和尚看到灵山时,老和尚长出一口气,诵了一句:阿弥陀佛。接着就见老和尚像燃完油的灯捻慢慢倒了下去。小和尚连忙去抱老和尚,老和尚笑着对小和尚说:到了,终于到了。说完,老和尚就圆寂了。

小和尚把师父放好,把自己身后一直背着预备在佛祖跟前要上的那炷高香请了出来,点上,放在了师父的跟前。

香烟冉冉升起,在烟雾中,小和尚看到了佛祖。佛祖坐着莲花座,浑身放着金光,佛祖望着小和尚,微笑着,像要向小和尚说什么。

小和尚对着佛祖诵了声:阿弥陀佛。阿弥陀佛!

接着,小和尚对着师父拜了九拜,又对着灵山的方向拜了九拜。之后,小和尚就收拾了一下自己,回了。

于是,小和尚的身后开满了一路的花,是莲花。

洁白的莲花。

莲花的心愿

○闵凡利

　　悟了禅师去南方云游时带回了一株花。是菊花。花是黄色的，碗口那么大，风一吹，花瓣就颤颤地抖，就有清香从瀑布一样的花瓣里缓缓地溢漫出去，涌满了寺院。一个寺里就都是菊香了。香很清淡，很能滋润人的心。闻着这香，就会觉得很暖和，很熨帖，阳光似的。心里的一些苦啦或痛啦，就会觉得远了，淡了，空了。

　　这种菊花比别的品种开得早。才八月半，花就开了。一开，菊香就像洪水一样地漾，先是一个寺院都是菊花的香，后来，寺院盛不了，就向山下淌去。一直流到山下的镇子上。

　　循着香，很多人来到了寺里。他们先给佛祖上香，把刚收获的鲜果供到佛案上。然后来到后花园。看着这满院的菊花，眼里满是激动，嘴里不停地说美啊，好美啊。了空小和尚就跟着说：是美，是好美。悟了禅师只是跟着念：阿弥陀佛，阿弥陀佛！

　　闵秀才也是循着菊香来到的寺院。闵秀才这次没皱眉头，和普通的香客一样，眉宇间有着激动和兴奋。悟了禅师一看闵秀才在不停地抽搐着鼻子，就在心里笑了。可这笑没有流露出，只是诵了句：阿弥陀佛。

　　闵秀才来到后花园，看到了满院开得如火如荼的菊花，惊呆了。

悟了禅师问:你闻到了? 闵秀才拼命吸着鼻子说:闻到了,我闻到了。真香啊! 悟了禅师问:好看吗? 闵秀才说:好看,好看。好看死了! 闵秀才就走进了花丛里,嘴里不停地说:美啊,真美啊! 听闵秀才这么说,悟了禅师脸上的笑就很滋润,很醉。闵秀才在花丛里转一阵,看了看天说:哎呀,该去学堂了! 接着闵秀才说,真不舍得离开啊。真美,真美啊! 悟了禅师点了点头。闵秀才欲言又止,最后不好意思地说:禅师啊,我想……悟了禅师念了一句佛号说:你不要说了,我知道你要说什么。闵秀才有些不好意思,问:可以吗? 禅师说:我早就给你准备好了! 说着禅师领着闵秀才来到一株开放得生机勃勃的花儿旁说:这是园里花蕾最多、开得最壮的一株。把它送给你,但愿它能给你们师生带去清新和欢乐!

闵秀才听了深深施了一礼说:谢谢大师了!

接着悟了禅师就向闵秀才交代关于育养菊花的一些花经,像开春栽根、五月扦插的繁殖法了,像怎样捉虫、怎样施肥、怎样摘采、怎样孕蕾的管理了,禅师说得清楚而认真。禅师说:花儿是有灵性的,你对它好,它就会给你开出最美的花来报答你。你对它不好,它就会用它的枯萎来回答你啊!

闵秀才说,大师,我明白了。我一定像对待学子一样来对待这株菊花!

悟了禅师听了之后对闵秀才深深施了一礼说:我代这株花儿谢谢你了!

闵秀才说:禅师啊,你这是在折杀我啊!

悟了禅师摇摇头说:施主啊,我是真的谢谢你啊!

闵秀才知道禅师说的是真心话,就看了看手中的花说:那,那我就回了! 说完双手捧着菊花回学堂了。

闵秀才一要开了头,前来向禅师讨要菊花的香客就多了。他们都先夸菊花好看,接着就向禅师说想要一株栽在院子里。禅师都答应了,就把他们领进花园,用花铲剜出,包好,然后像对闵秀才一样把怎样管理菊花的一些技巧都交代一番。香客们都点头说,放心,我们一定会好好照顾这株花儿的。悟了禅师就很高兴,就对香客们施礼,说是代表花儿谢谢你们。禅师的这一谢,弄得香客们都很感动,他们都像闵秀才一样捧着花儿回去的。

来要花的人接二连三,禅师都一一满足。在禅师眼里,这些人一个比一个亲近。最让了空小和尚不解的是,一个乞丐来讨花,师父也和那些香客一样给。小和尚本来对师父送花就有想法,但碍于香客们都是寺庙的施主,也就把一肚子的想法憋心里了。可给乞丐花儿,他穷得家都没有,往哪儿栽啊?

悟了禅师说:乞丐虽没土地,可他有心啊!

了空小和尚不懂。

悟了禅师说:有的人是用土养花,可有的人是用心养花。用土养花的人是为了眼的激动,而用心养花的人是为活着的欢乐啊!

小和尚低下了头。

花园的花儿就这样被香客们都要走了。当最后一株花儿被香客捧走之后,小和尚看着散发着新鲜泥土气息的空荡花园,想象着原来满院的生机和芬芳,再也忍不住了,"哇"的一声哭了。

悟了禅师问:怎么了?

小和尚手指着这像没有了阳光一样空寂的花园说:本来,这里该是一院菊花的,我们该是一寺菊香的!

悟了禅师念了一句佛号说:孩子啊,菊花开在我们寺里,我们是一寺菊香,而我们把菊花送给施主们,三年过后,那可是遍村的菊香、遍镇的菊香、遍野的菊香啊!

看着师父脸上那盛开得像菊花一样的笑容,了空小和尚心里一颤。是啊,遍村、遍镇、遍野的菊香,那可是比一寺菊香大多了,也香多了。那是一个天地都是菊香啊!他知道自己错了,低声叫了声师父。

悟了禅师说:孩子,与大家一起共享美好的东西,即使自己什么也没有,心里也是快乐的。因为这才是真正的快乐,这才是真正的幸福啊!

天一入冬,悟了禅师去了山下一次,来时背回了很多人们丢弃的菊花。禅师把这些枯萎的残花重又栽到花园里。了空小和尚很生气,一边帮着师父干活,一边说:他们也太势利了,花还没败呢,他们就把它们丢了呢!

悟了禅师说:别怪他们,俗世的人都这样。

了空小和尚说:难道他们都这样就对了吗?

悟了禅师说:孩子啊,这就是我们要度人们的原因啊!

小和尚不懂,问:师父,咱们这样栽好培育好,你明年还会再送人吗?

悟了禅师说:送啊!

了空小和尚说:师父,你,你怎么这样呢? 你是不是太蠢了?

悟了禅师摇了摇头。

小和尚问:师父,这,这,这到底为什么?

悟了禅师看着佛堂的佛祖说:孩子,能让满村遍野荡漾着菊香,这是佛祖的心愿啊!

了空就向佛堂看去。可他眼里只看到墙。

小和尚就对着佛的方向,双手合十念了句:阿弥陀佛!

莲花的微笑

○闵凡利

　　无尘法师是空空寺的一位智能出众的禅僧,在方圆百里的名山寺院里,提起他,无人不晓,不论机锋,还是禅语,都是人们竖大拇指的。但无尘喜欢斗禅。只要他知道哪座山上有高僧,他一定去找其斗智。为此,他也成了各大寺院高僧们最头痛的一位。

　　无尘和尚听说悬心山净心寺的悟了和尚是位开悟的高僧,他决定去净心寺,找悟了交换心智。说到底,是去找其斗禅的。

　　春日的一天,风尘仆仆的无尘法师来到净心寺。可巧,悟了和尚云游去了,不在。无尘叩响了山门。了空在。了空是个小和尚,十四五岁的样子,刚出家。头上的戒疤还没好利索呢! 了空问:师父哪里来?

　　无尘说:千里之外的空空寺。

　　了空问:师父挂单吗?

　　无尘点了点头,接着问:悟了禅师在吗?

　　了空说:不巧得很,师父一开春就云游去了。请问,师父有什么事需要我帮忙吗?

　　无尘看了一下了空小和尚,眼里满是不屑,接着就哈哈大笑。

　　了空说:师父笑是为何?

无尘说:出家人不打诳语,我是笑你不自量力。你一个乳臭未干的小孩子,你能帮我什么?

无尘这样说自己。这是明显的看不起人呢!了空就把胸脯一挺说:你别看我年纪小,可我的智能并不小呢!一些事我能替师父代劳呢!

无尘看了空小和尚自信的样子说:真的?好,那你就回答我一个问题!说着用手比画了一个小圆圈。

了空看了一眼无尘和尚,心里的气一下子起来了。他想起给师父说过的话。他既出家,就和以前一刀两断,把以前在俗世的事都忘了,永不再提起。可这个和尚一比画就把他以前做什么的比画出来了,这不是明摆地揭我的疤吗!可气归气,回答还是要回答,你不是给我来哑谜吗,谁不会!了空摇了摇头接着摊开双手,画了个大圆圈。无尘心里一惊,接着他又伸出一个手指。了空小和尚一看,嘴角露出轻蔑的一笑,伸出了一只手五个手指。无尘法师心里更惊了,他忙伸出三个手指。了空一看,用手在眼前比画一下,接着哼了一下!

比画到这儿,无尘头上冒汗了。心想,都说悟了禅师厉害,果真不假啊!就这么个小和尚,智能就这么高,那悟了老和尚还不高到天上去。无尘抹了一把头上的汗,他对着小和尚诚惶诚恐地跪下来。了空却吓了一跳,想,这个大和尚咋回事?怎么给我下跪?转念一想,就你刚才那盛气凌人的样子,你跪就跪吧,就当你为你刚才的不敬向我赔礼。无尘和尚顶礼三拜,拜完起身要走。就在他一转身的时候,和一个人撞在了一起。那人不是别人,而是刚刚云游归来的悟了禅师。

悟了禅师诵了句佛号:阿弥陀佛!

无尘见是一个满身风尘的老和尚,愣了一下。这时小和尚惊喜地叫了一声:师父,你回来了!听小和尚这么叫,无尘知道这个老和尚不是别人,而是他千辛万苦跋山涉水要寻的悟了和尚,忙上前唤了一句佛号:阿弥陀佛! 大师可是悟了禅师?

悟了问:正是老衲。师父是?

无尘说:我是空空寺的无尘。

悟了说:可是那机锋敏锐的智能禅师无尘?

无尘说:惭愧啊,惭愧! 我的那点机锋哪敢称得上敏锐? 和尊寺的小师父比,我都不如。大师这么说,可是笑话我啊!

悟了说:空门中人,哪个不知无尘禅师? 禅师今天怎么说出这种话来?

无尘说:也许在没进寺门时你这么说,我会信。可自从和这位小师父斗了一次禅后,无论怎样我都不敢这么说了。我现在明白了什么叫人外有人,天外有天了!

悟了笑了说:禅师可从来不是这么谦虚的,如何变的? 可否说来让老衲听听?

无尘就说了自己怎样千里迢迢来净心寺找其斗禅,怎样被小和尚的话激起,和小和尚斗起机锋。他说:真没想到啊,这位小师父的机锋是如此了得。

悟了说:可否说明白一点?

无尘说:我用手比了个小圆圈,向前一指,你说你的智能不小,你的胸量有多大? 没想到小师父摊开双手画了个大圆圈说自己的胸量有大海那么大。我又伸出一指问他自身如何,他伸出五指告诉我受此五戒。我再伸三指问他三界如何,他用手指了指眼前说三界就在他的眼里。一个刚刚受戒,且戒疤还没好利索的小和尚就有如此机锋,回答这样巧妙,我无尘是输得心服口服了。

悟了听了念了一句佛号:阿弥陀佛!

小和尚过来了说:师父,他说的什么三界五戒的,我一句也听不懂。

无尘听了拉长脸说:什么?你不懂三界五戒?那你为什么这样回答我呢?说着无尘用手比画着小和尚刚才的手势。

小和尚说:我在俗世是个卖烧饼的,我现在入了空门,最讨厌别人勾起我的过去。你的眼很毒,一眼看出我以前是卖烧饼的。你用手比画个小圆圈说我当时卖的烧饼只有这么大。我摊开手告诉你我卖的烧饼其实是这么大的!你伸出手指问我一个铜钱卖吗,我伸出手指告诉你五个铜钱才能买一个。你给我讲价,伸出三个手指问我卖吗,我想你这人不地道,这么大的饼子,三个铜钱连本都不够呢!我就比了比眼睛,怪你有眼不识货。没想到你给我跪下了并向我三拜。我想谁让你一上来就看不起我呢,你拜就拜吧,就算对你不尊重的惩罚吧!

悟了听了哈哈大笑。再看无尘,只见他满脸的痛苦,喃喃地说:怎么会是这样呢?

悟了说:世上万物,一切皆禅啊!

无尘还是不理解地说:怎么会是这样的啊!

悟了说:世上的东西就是这样,你把它看得简单它就是简单,你认为它复杂它就是复杂。复杂和简单是我们自己施加给它的,这也就是我们感觉活着沉重的原因了。说着悟了望了一眼莲花上的佛祖说:知道佛祖为什么面带笑容吗?

无尘摇了摇头。

无了说:他是在笑我们啊。笑我们皱着眉头在思考、在痛苦。其实世上本无事,是多事者在自扰之。

无尘猛然感觉到他的脑中开了一道门,有很强的阳光照进来。无尘说:我明白了,我明白了!

他转脸去看莲花上的佛祖,那微笑更亲切更博大了!再看悟了

禅师,正对着佛祖,在诵经。他忙双手合十,诵了句:阿弥陀佛,我的

阿弥陀佛啊!

风比远方更远

缝纫铺女孩

○明前茶

"要不是死心塌地想看看我错过的大学是啥样,也不会来这里开缝纫铺。"在我抱怨外面的天气有 35℃,缝纫铺所在的铁皮房里有 45℃时,埋头缝纫的女孩仰起汗津津的脸来说,"姐,你坐到风扇前面来,喝口我凉的大麦茶,心静,自然会凉。"

女孩 24 岁,姓罗,家在僻远的乡里,父母靠种油菜和水稻过活,六年前高考只考上了三本,学费比考上一本二本的同学高出了一大截。家里准备借钱给她上学,她说要考虑一下,便一个人戴着大草帽到水田里收了三天的早稻,等于在汗水里浸了三天,在泥水里蹚了三天。第三天,她的肩膀和两条手臂开始热辣辣地蜕皮,她就想,如果她念大学的话,这样的日子她年近半百的父母还要苦熬四到七年,而她下面还有一个弟弟,那对父母而言将是双重的重负。她终于放弃了,理由简单得让人心疼:"我成年了,想让我爸妈过得轻松些——我看她头发都愁得掉了不少,顶心的头皮都露出来了。"

她学了缝纫,并执意把缝纫铺开到她当年心仪的大学旁。从铁皮房后门望去,近在咫尺的就是校园的通透式围墙,里面是学校的大草坪和网球场,远处是攀满常春藤的有一百年历史的标本展示楼,还有钟楼的尖顶在闪闪发亮。小罗说:"听到那钟声传过来,会在心尖上嗡嗡作响好一阵子，一开始，人会走神，缝纫机的走针还会扎到手。"

"隔着一道围墙，就是两样人生了。小罗，你后悔不后悔为家人所做出的牺牲？"小罗瞪圆了她的眼睛："我没觉着委屈，我现在自己养活自己，还能负担弟弟的开销，很自豪。一个人想成为啥样的人，应该由自个儿做主。这个，我做到了。"

小罗的缝纫铺里，高挂着做好了还没来取的衣服，一二十件大尺码的印花袄裤和旗袍，还有手工缝制的白衬衫和小西装。趁着没有客，她一一指点给我看："白衬衫和小西装是大四的学生提前在我这里做的，等着出去当'面霸'。熟客我就叫她们全寝室一起来，瘦女孩们合做一身，丰满的女孩合做一身，我也有这个本事，能让她们一伙人轮着穿出去都合身。印花袄裤和旗袍，都是给奶奶辈的家庭主妇们做的，她们才是我这个铺子的常客——年轻女孩大部分衣裳都网购了，年纪大了，商场里、网店里都买不着合适的衣服了，才会到我这里做。"

正说着，来了两位60岁上下的阿姨，商议要买小罗铺子里的碎花布做一身休闲袄裤。"要在家也能穿，出门上老年大学的书画班也能穿，去公园跳个舞，也不丢份的。"

小罗强烈建议她们大胆点，选妖娆的大朵印花，带点抽象效果的："袄裤你们在我这里做几身了，做一身齐膝的旗袍吧，穿起来跟大使夫人一样大方。"

阿姨们脸上露出了羞怯和向往交织的复杂神情，小罗再次鼓励她们："一辈子没穿过旗袍没有关系，当了奶奶还能尝试的事情多着呢，阿姨，你可以试一试的，在我这里做衣服的一位老护士长，做了六身旗袍，各种风格都有。她76岁，前阵子还上了杂志呢。"

见其中一位阿姨点了头，小罗先用白棉布替她围裹出一个基本的轮廓来，我吃惊地看到，这竟是这个缝纫铺女孩特别的量身方法——她以二三十枚回形针，和一套独特的折裹方式，眨眼间就围裹出老阿姨穿旗袍的模样。阿姨整个人马上少了那种松垮下垂的无奈劲儿，变得身腰挺直，昂首挺胸。小罗不停地指点她："阿姨你把肩展开，下巴往回略收一点儿；您走走看，要感觉自己的后背有一线在往上拎，别担心，我已将尺寸都给您松开了一丝儿，让您跳起扇子舞来也不觉拘束；可您记着了，以后太大尺码的衣裳别穿了，不能给自己借口，把咱心气高傲的那股劲儿全松了。"

把围裹的白棉布解下来，小罗用滑石粉在别回形针的地方做记号。我忍不住赞她："在香港，给明星做礼服的邓达智也是这样量体裁衣的，你学得很像呀。"

小罗说，她的梦想，就是开缝纫铺攒一笔钱，去大学进修，把立体打版和手工缝纫的精华给学了，以后开间更大的店。"你看钟楼后面，那栋有八根廊柱的大楼就是服装系的大楼，我离我的梦想很近了。"

天使守护人

○明前茶

　　她的脸肯定是婴儿在这世间见到的前五张脸之一，她不是医生，不是助产护士，她是产科护士钟小熹——新生命诞生后，是她替孩子擦拭身上的羊水和血迹，称过体重，穿上带小花点的和尚衫，放进小推车里送回产科病房的。

　　时值秋天，风已经凉了，钟小熹把小推车推到电梯口，迅速把婴儿抱起，侧背过身去，用右手挡着孩子的头。有人问，怎么了，孩子有什么不妥吗？

　　钟小熹说，今天有大风，你听电梯井里风声呜呜地，加上高速电梯运行时，也会在每层楼的电梯门处产生侧风，这对保全婴儿的体温不利，孩子太小，体温很重要，得替孩子挡着点儿风。

　　产房里没有淋浴设备，孩子抱回去给长辈们看过，就要送去洗人生的第一次温水澡。一班实习护士已经如一群轻盈的白鸟一样半蹲着，等着看她们的小熹老师示范如何给婴儿洗澡。小熹开口就说："我带过一个学生，她把婴儿的双脚提溜起来，倒栽葱一样放在花洒下冲，孩子吓得哇哇大哭。制止她，她还不服气，说水温、室温都调得如老师所要求的，小孩子，哪个不怕水？难道他怕就不给他冲澡吗？我气坏了，说你能这样给孩子洗澡，说明心里很粗暴。知道孩子为什

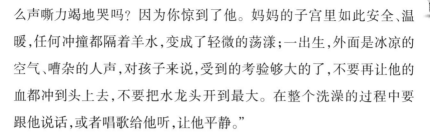

么声嘶力竭地哭吗？因为你惊到了他。妈妈的子宫里如此安全、温暖，任何冲撞都隔着羊水，变成了轻微的荡漾；一出生，外面是冰凉的空气、嘈杂的人声，对孩子来说，受到的考验够大的了，不要再让他的血都冲到头上去，不要把水龙头开到最大。在整个洗澡的过程中要跟他说话，或者唱歌给他听，让他平静。"

钟小熹以左小臂托着孩子，左手的掌根正好支撑着孩子软软的脖颈，同时以拇指和小指轻压住孩子的耳朵眼，把水温调到基本上与羊水相近，开始给孩子冲洗。小熹一面洗，一面哼唱着一首无字曲，听上去犹如白云遮住了月亮，天地万物由清晰变朦胧，连虫声也低微了下去，好像世界张开柔软的怀抱，对孩子说，到这里来，在世间最大的叶子上酣睡。

洗到第三个孩子，前面的两个已睡熟，洗澡间安谧的气氛，让人感动。

产科护士的一部分工作，是劝说闹别扭的产妇，如何接受并享受母亲这一角色。

现代人普遍晚熟，30 岁当妈妈也不见得做好了心理准备，加上一部分产妇出奶不顺利，奶胀如石，剧痛难忍，孩子却吸不出来，惹得小孩哭大人躁，就有产妇熬不住去买奶瓶，准备放弃母乳喂养。钟小熹把孩子递过去，要产妇让孩子每半小时吮吸一次。产妇又急又愧，出了一脑门子汗，说："护士，我不行！"

钟小熹把孩子俯放在产妇胸前，让他如柔软的小动物般紧贴着妈妈的心跳，鼓励产妇："你绝对行的，你要是还不喂奶，就会回奶了，你家宝宝就吃不到母乳，免疫力就会下降。"

产妇忍痛试着喂奶，抹着泪说："我可能天生就没有母爱，不然人家新妈妈怎么每个毛孔里都透出幸福，我的情绪就这么低落？我怎么会嫌孩子整夜哭闹很烦？"

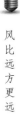

钟小熹答得很妙:"这孩子出生前,跟你隔着肚皮,就是一个熟悉的陌生人。千万别以为母爱是天生的,母爱是种子,你总要见到孩子,一天天为他服务,和他有眼神和笑容的交流,这种子才会生根发芽。"

淡黄色的初乳终于被吮吸出来,压在产妇胸前的巨石一点点被移去,孩子吃着吃着就睡着了,露出梦笑。

产妇也睡着了,汗湿的头发一缕缕挂在前额。钟小熹宽慰产妇的丈夫:"适应新角色总要有一个过程,关键是,老婆烦躁时你不能也跟着烦躁,你得神定气闲,多抱抱孩子,跟他做鬼脸儿,朝他笑,发出这样的信息:没事,宝贝,有我呢。"

钟小熹在博客上画了很多新生儿的梦笑。她的博客名叫"天使守护人"。

修 表 匠

○明前茶

在老顾眼中,时间不是均匀地一去不回,时间有脾气,有青春和老迈之分,有果断、迟疑与摇摆不定。钱钟书对方鸿渐家中老钟的妙喻,甚得老顾之心:那架每个钟点走慢七分钟的计时器,"无意中包含对人生的讽刺和感伤,深于一切语言,一切啼笑"。对了,老顾一辈子都在修钟表,在钟表匠用的长臂灯下工作了35年。

就像看电影的人这十年在猛增一样,戴名表的人这几年也在猛增,加上不少钟表鉴赏家醉心于收藏百年前的镶翠嵌钻及珐琅烧制的名表,老顾每天都在加班加点。他不得不在家也辟出了一个专门属于他的工作间,里面除了一张窄床以外,就是一张定制的两头沉的写字桌,像大画家的画案一样宽大,上面放满了待修的钟表以及镊子、锉子、尖嘴钳和放大镜,连墙上也挂满老钟。有意思的是,它们并不像操练的士兵一样,步调整齐,而是像散漫的骑士或诗人一样,各行其是地走着,每过十几分钟,就有老钟击鸣报时。老顾的老伴儿在这屋里待一会儿就受不了,因为钟表们淘气地吵个不休。而老顾却不嫌这些声音烦人,他是钟表匠啊,那些钟表发出的噪音在他听来,就像孩子病愈后的吵闹声一样,如同天籁。

看老顾修钟表绝对是享受。他把钟表正面朝下放倒,像取下珠宝箱盖那样取下钟表后盖,把长臂灯拉近点儿,检查发黑的铜齿轮,手指捅进钟表里,搓开那些碍事的油泥,可以清清楚楚地看到经过千锤万打和烧烤的金属零件,有着异样美丽的蓝绿色和金紫色波纹。他打量钟表的病灶在哪里,拨弄大齿轮、均力圆锥轮和擒纵轮,看看它们是否咬合到位。他把鼻子贴得更近,近到可嗅见金属零件上丹宁的酸味儿,将发黑的零件放进氨水里清洗,捞出来时,他鼻子烧得慌,眼睛流泪,而透过泪光,可以看到它们闪亮新生。他锉锉轮齿,在轴衬上打孔,循着记忆将所有的零件一一按拆卸的反顺序安装回去。

当老顾组装完毕,他会用拇指拨一下最大的齿轮,俯耳去听。若钟表发出带铜音的鸣声,老钟表就修好了;若是声音还嘎吱嘎吱的,那就要耐着性子从头再来。

这年头,还有谁舍不得一块坏掉的表呢?老顾却听到过不少表主人的故事,很动人。

一位留守妈妈,自独生子出国后,天天要枕着儿子中学时代戴惯的那块表入睡,一日听不到那均匀有力甚至是带点儿刺耳的走针声,就莫名心慌。表坏掉的那天,她一天一夜都在打儿子的手机,竟没人接,于是她寝食不安,猜测儿子是否摊上了什么大事。事后儿子道歉说,他只是出去参加一个主题派对,走得急,忘了带手机而已。母亲悬着的心才踏实了,她发誓要修好那块秃头秃脑、像中学生一样没有任何装点的机械表。

还有一块表,属于一位正在筹备婚礼的男子,他遭遇了惨烈的车祸,表就停在那撞击的刹那。长辈们想把这块表随逝者一起安葬,就让它停在那个伤心时刻,成为缄默的哀悼。但是,他的未婚妻把他的表要走了,她只要了这一样东西,她要修好它,重新带着它启程。

老顾永远忘不了那女子来取表的情形,她把表放在耳边聆听,瞪大眼睛,努力不让满眶热泪流下来。表重新行走了,那是来自另一个

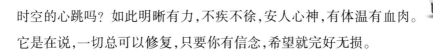

时空的心跳吗？如此明晰有力，不疾不徐，安人心神，有体温有血肉。

它是在说，一切总可以修复，只要你有信念，希望就完好无损。

曹　操

○杨小凡

　　曹操被加封魏王的当天夜里,遇到了从未遇过的两个大难题:一是门人送来孙权的密信,劝他称帝;一是儿子曹丕反对他回家乡药都,为吕伯奢建祠。

　　这俩事都碰到了曹操的麻骨上。前者,想而不能但不忍,后者,能而不想但又必做。挟天子以令诸侯,他拥有的是"奉皇帝命讨伐有罪之人"的政治上的主动,而此时称帝无异于炉上自烤;为吕伯奢建祠,虽属应当,但正如丕儿所言也是炉上自烤,只不过烤的是自己千百年后的名声。天亮时分,曹操最后一次把豆青茶盅重重地顿在几上时,已无茶水溅出了。

　　曹操背手昂胸迈出殿门,一轮红日正好血艳艳地打在他的左脸上。他只觉眼前一红,就见曹丕正红彤彤地站在前方,很是精神。曹丕赶紧迎来:"父王?"

　　曹操目光朝前,定定地瞅了曹丕足有一个时辰,突然仰天大笑:"败操者,操也;胜操者,亦操也!"

　　曹操再颔首注目时,曹丕依然圆张着嘴,仰头向天。"丕儿,安排车马,回乡!"

　　鼓号相应,车马辚辚,旌旗飘扬。还乡路上,曹操的眼前却是另一番景象——

也是一个秋天,百物萧瑟,他从京都单骑而出,两耳呜呜地秋风,两眼血色的红高粱。马背上的他,脑子里始终是捧刀见董卓的一幕。皇室衰微,董卓弄权,一心重整汉室的曹操,本想献刀杀董,却落得被迫逃离,亦凄更壮。一路上,曹操恨从心生,鞭急马快,不觉间又到傍晚。勒马眺望,前面竟是自己熟悉的吕庄,正是先父的结拜弟兄吕伯奢的庄子,离药都城仅有三十里了。于是,决定进庄,一是好好地歇一晚上,二则可向吕伯奢讨教。

吕伯奢一见曹操,高兴异常,再听其刺董贼未遂,正遭缉拿,更是唏嘘良久。之后,转身出门,命四个儿子杀猪宰羊,自己则去四里外的集上打酒。

这些天来,曹操就没有真正静下来过,即使在吕伯奢的客堂里,他依然两耳高竖,坐立不宁。他刚喝完了一杯茶,就听到了霍霍的磨刀声,侧耳再听,竟有人说:"马上堵了门,别让他跑了!"他眼前突然一黑,拔剑出门:"好一群不顾大义的小人!"

吕伯奢的小孙子正在瞪目瞅他,却忽地一剑两开,一股红流喷在曹操的胸部。曹操没有任何反应,仍是一剑一人地杀向后院。提剑的曹操,见后院内吕伯奢的四个儿子正在捆猪,心中猛地一顿,继而挥剑砍去。又是四剑之后,曹操觉得自己的身体突然软了下来,遂挂剑在地,闭目不语。良久,忽拔剑挺直,对天长笑:"宁负天下人,不让一人负我!"笑毕,一剑砍断马缰,手抓马鬃,跃身而上。

手提酒葫芦,疾步而来的吕伯奢,听到重重的马蹄声,猛一抬头,见是曹操,心中突的一凉。此时,高坐在马上的曹操已到了眼前。仰头见曹操一身血红,吕伯奢全然明白:"你!"

曹操坐在马上,长叹一声:"我!"

"把剑给我!"吕伯奢抬手把酒葫芦扔给了曹操。同时,也接到了曹操扔过来的长剑。

"国可无我吕伯奢一家,不可无你!念你一心报国,为不辱你日后尊名,我去也!"话毕,剑抬头落,身体直立不倒。

吕伯奢的这一幕,永远刻在了曹操的心中,几十年不但没有淡去,却越来越清晰与生动。

曹操离乡的前一天,十八间青砖高廊的吕公祠矗于吕庄。

曹丕代曹操祭奠后,回见父亲曹操,仍是不解:"父王,缘何要让一件鬼神无知的事,来污我曹氏万代名声!"

曹操长吁:"不负人者易,不负己则难!"言毕,良久无语,两行清泪顺颊而下。

这一年,曹操六十五岁,第二年春正月便离开了人世。

曹　丕

○杨小凡

　　曹丕出生的那一天,十三只大雁盘旋鸣叫于曹家大院上空。隆冬时节有此吉兆,曹操甚喜。生于军旅之间的曹丕,自幼娴习弓马,诸子百家也多有阅览。曹操因此把他与其弟曹植看作是最有出息的儿子。

　　这年春天,回药都祭祖的曹操就是带着曹丕和曹植而来的。

　　药都的春天别有风致,清绿的涡水像温柔的处子静静地躺在河床上,风儿吹起,她才和着两岸泡桐树上紫白相间的喇叭花香、四处怒放的芍药花香,涓涓流淌。在药都城南郊的祖茔祭扫之后,便策马向北,沿涡河游观,曹操诗兴大发,令曹丕和曹植每人写一首临涡之赋。

　　一会儿,曹丕来到曹植面前,索看其赋。只扫一眼,便惊讶道:"怎么不谋而同!"曹植大惊。曹丕便说:"我拿给你看。"不一会儿,便从侍从手中拿来。曹植一见:"荫高树兮临曲涡,微风起兮水增波;鱼颉顽兮鸟逶迤,雌雄鸣兮声相和;萍藻生兮散茎柯,春水繁兮发丹华——"墨迹犹湿,豁然而言,"既是一样,我的就不呈父亲了。"于是,曹丕扬鞭打马,追到向东而去的曹操。曹操一看,眉飞色舞,"果不辱曹氏门第!"

其实,曹丕也是绝顶聪明的。建安七年,曹操与袁绍相持官渡之后,曹操驻军家乡药都城募兵储势。但此时的曹氏,可谓兵少将寡,难以威慑袁绍。曹丕便对其父曹操说:"实则虚,虚则实。可令城中驻军以城中心为起点,从城下把东西南北四门挖通。"曹操开始不解。但他相信曹丕,就令其督挖。延时一年又三月,纵横交错相通,隐攻息屯自如的隐兵道挖就。曹丕就把数量不多的士兵,从暗道悄悄地送出城外,再从城外进入隐兵道开进城内,反复如是,迷惑世人,出奇而胜。自此,曹操神兵百万之说遍传天下,所遇敌手无不未战先怯。

曹丕一生,对故乡药都甚是留恋,多次借出兵回朝之际而停。曾从药都出水师东征孙权,在乡之时,于他的故宅前大飨门军及药都父老。现仍有"大飨元碑"为证。

黄初六年五月,曹丕再次回药都,从涡河乘船东征,八月返师又经药都。此时的曹丕虽为皇帝,但依然诗不离口。这年深秋,他独自夜访药都乡间。见一妇女独对孤月,自守空房,思念从军在外的丈夫。曹丕接住农妇递来的蒲团,坐了下来。听着听着,不觉泪下湿衣。与农妇分别后的曹丕,行走在月光斑驳的乡路上,口吟《燕歌行》:明月皎皎照我床,星汉西流夜未央;牵牛织女遥相望……到了住处,仍吟咏不止。这一年,从秋到冬,他每每生出农女们思夫怀人的感伤,有时竟深夜独自流泪以至天亮。

第二年正月,他决定离药都去许昌,脱去一秋一冬的伤感。然而,启程的前一天,忽报许昌城南门无故自崩。曹丕便长叹一声,"天下征戈苦矣,以至崩坏城门!"

当年五月,史书便记下了:"黄初七年五月,文帝驾崩,简葬于首阳陵。"

曹　彰

○杨小凡

　　黄初四年的这个春天,都城洛阳的牡丹,比往年开得都艳而芬芳。

　　这些日子,曹丕心情也出奇地好了,即位四年,总算风平无浪。慢慢地竟生出让各路藩王到京都洛阳来聚会一次的念头。有了这个想法后,曹丕就觉得真有点儿对不起众兄弟。自即位以后,为防内患,按华歆之奏,将彰、植、熊、彪各兄弟封王四散,不得擅自回京,想来已一千多个日日夜夜了。

　　于是,快马四报:五月初五,令各路藩王会聚京都,以叙别情。

　　然而,就是在这天夜里,曹丕却再也不能入睡。父王曹操辞世的一幕幕又在眼前。

　　曹丕清楚地记得,父王曹操病重之时,突然要让他的另一个儿子、自己的亲兄弟鄢陵侯曹彰,火速进京。可等曹彰带十万大军从长安赶到京都时,曹操早死,曹丕也正与下属杯盏相交。曹彰只身见到哥哥曹丕时,第一句问的是:"先王已去,玺绶安在?"谏议大夫贾逵挺身正言:"家有长子,国有储君,玺绶之事,非君侯之所宜问也!"曹彰无言。曹丕见曹彰无语,便笑而出声:"胞弟带兵来此,欲奔丧也,欲争位耶?"曹彰手捻黄须,百下之后方才笑道:"吾要将本部兵马交与长兄。"话毕,泪却已夺眶而出。曹丕只是一怔,就猛地向前扑来,抱住曹彰,失声大哭起来。

　　其实,曹丕深知这个长着一脸密密黄胡须的弟弟,是父亲生前非常喜欢的。这不仅因为他深通武艺、勇猛强悍、性情刚硬,更重要的是他战功赫赫,国人称道。曹丕本想重用这个弟弟,可有一件事永远地改变了他。据说,曹彰曾对其弟曹植说过:"父王临终特地令我来京,为的是立你啊。"虽然是据说,但曹丕心里却长了一块心病,怎么也不能去掉。

　　但让藩王都来,怎好不让任城王曹彰来呢?曹丕很是费神。皇帝更有皇帝的难处啊。

　　众藩王如期而至,这一天正是五月初五,但姹紫嫣红的各色牡丹却早已谢了。

　　曹彰进京,曹丕格外地重视,把他安排与母后卞后同住一宫。第三天,曹丕就亲来曹彰住处,与其下棋。

　　这一天,紫藤架下,绿树流阴,蝉鸣鸟啼。曹丕与曹彰一边下棋,一边你一个我一个地吃着盘中的红枣。曹彰棋艺不错,几乎快要赢曹丕时,却突然向前倒了下来,在殿中的母亲卞后,听到响声,急令宫女端水抢救,谁知平日满满的水缸今日却滴水全无。卞后望着起身而去的曹丕,向院内的井边跑去,可水筲竟也没了踪影。

　　卞后抱住曹彰时,曹丕正大声长叹:"既生丕,何生彰?"言毕,转身而去。

　　此时,曹彰的鼻翼仍一翕一翕地动着。

卖　牛

○于心亮

　　缺钱,确确实实缺钱。翻了几宿烙饼,最终老默大腿一拍:卖牛!

　　绳,淡淡地荡着,一头牵着牛,一头系着老默,像母子之间的脐带似的。牛在老默身旁头一点一点地走,老默一直犟着目光,不肯去看牛。

　　是个好天。往常,牛该在坡上吃草,老默该在田里锄草。而今,却往牛市上走。老默感觉,不是去卖牛,而是去卖自己的娃。老默硬着面孔去看天,天蓝着。

　　牛市上牛不少,人也不少,却极少喧哗,连咳嗽也少,跟一大群哑巴似的。老默和牛一出现,大家便齐着面孔,看牛。

　　牛,默默地反刍,老默,默默地抽烟。有风,细细地,绕着牛尾吹。老默去看牛,牛合着眼,不知想啥。

　　很快就有人围上,跟苍蝇闻着血似的。

　　卖牛?

　　卖牛。

　　都去看牛,看口,看眼,看角,看耳,看胸,看脊,看尻,看尾,末了还捻了捻牛身上的细毛。老默的目光丝丝缕缕地疼着,看许多人去瞅自己的牛。

牛不咋的啊。有人重叹。

是不咋的,紧跟着就有人附和,看眼,没神;还有那架子,没力;尤其那尻,都快散了。看似随便说闲,话却一字不漏地往老默耳朵里灌。老默默默吸烟,心道:什么年代了,探路的方式咋还这么陈旧呢?

老默就开了个价。

人们跳开说:咬人哪!

老默说:咬人!

人们就慢慢地散开。却仍有人不死心,绕着圈子上前附耳:痛快点儿,2500,中不?

老默凝着目光,把头摇了。

老默用目光零零碎碎打发走许多人,有的价,老默确实心动,但脑袋却不由自主摇来摇去——老默简直有点儿愤恨自己了。

阳光暖暖,有鸟,栖在牛背上。老默暖暖地看牛,觉得牛像是在坡上吃草。一个人,土土地蹴在一旁,看牛。老默就去看那个人,那个人仍在看牛。

老默的心咚就疼了一下,再看牛,眼里就有点儿涩涩的湿了。

人们都散去的时候,那个人磨磨蹭蹭过来了,不看牛,看老默,口眼都在笑:

好牛啊!

老默的心又疼了一下,酸酸楚楚,竟像受了委屈。空空的闲地里,老默往一旁挪挪,说:蹲吧。

就都蹲了,客客气气的,换了烟叶抽。青烟袅袅中,眯着眼睛,看牛。

收成好吧?

行,您呢?

也行。

闲闲地抽烟,闲闲地拉呱。日头在天上慢慢西走,地上碌碌人如尘土,却没有日头的半点儿悠闲。

缺钱? 那人抽口烟。

缺钱。老默也抽口烟。

卖多少?

老默就慢慢地掉过脸去,慢慢地说:实在对不住啦,实在没办法。缺钱啊……

到底卖多少?

2700。

日头下,两人的头都埋下去,影子瘦瘦、小小的,像要挤进地里。牛回头,默默地看人。

难日子一咬牙,就挺过去了,是吧老哥? 手在老默背上恋恋一拍,人就站起来:老哥,对不住啊,耽搁您卖牛啦。人,慢慢挪开。

兄弟,走啥哪? 老默喊,回来!

俩人又蹲下,抽烟。

老默细细地瞧那人:带了多少?

那人盯着自己的脚尖:老哥,实在对不住啊,实在没办法,只……只2000……

老默痛快地一拍腿:中! 牵走吧!

那人蝎蜇似的跳起来:那咋行?

老默嘶哑着声音说:不为别的,只为你能看懂我的牛!

那个人把钱颤抖着掏出来:我对不住你啊老哥,我真的没多余的钱啦……

老默就有点儿恼怒:让你牵你就牵,啰嗦个啥劲呢?

老默拍拍牛,眼泪就生生死死地流下来了……

斜阳下,老默一扭脖,快步地走了。

卖 树

○于心亮

老默在年前还跟一帮老伙计议论过贪官,说:有饭吃有衣穿,还要那么多钱干啥? 钱多,累赘。而今,老默就感觉先前说的话有点儿过了。老默缺钱,能借的,全借过了;不能借的,也厚着老脸借过了。甚至,老默把最疼爱的黄牛也牵去卖了,还是缺 700 块钱。老默愁得头皮都要白了。

老默又愁了一宿。翌日端镜细观,见头顶黑发仍是不少,就嘿嘿一乐,走出门去。

老默去找李太平,说:太平,你不是要买我的树吗? 我卖了。

李太平说:老默,我买树时你不卖,现在你想起要卖,我反而不买了。

老默在心里使劲咽下口气,说:太平,我真心实意卖给你,你买了吧?

李太平剔着牙花子寻思了老半天,说:得,算我帮你个忙,买你的树,500 块。

老默就愣了一下子,说:不是 1000 块吗?

李太平说:原先是我求你,1000 块;现在是你求我,500 块。怎么,过分了吗?

老默就默默地蹲下去,说:不过分,不过分。可……可……太平,说老实话,我缺钱呀,缺 700 块钱。

李太平就急忙跳起来说:老默呀老默,你咋不早说呢?得,看在乡亲面上算我做个善事,救济你,700 就 700!

老默就回去锯树了。锯条左一下,右一下,把老默的心锯得死去活来,老默心说:俺爹死时做棺材我都没舍得锯树呢!

树倒地时的劲风把老默扫了一跟头,老默坐在尘埃里灰头土脸,感觉自己也跟着死了。直到李太平来拖树,顺带着把薄薄的一沓钱扔过来,老默才缓过劲儿来。

树拖走了。老默感觉魂儿也跟着走了。歪歪的日影里,老默喷一口唾沫捻一张钱,捻一张钱喷一口唾沫——真真实实 700 块,老默才放了心。

老默前脚进屋,后脚就有人喊进院子:老默在家吗?

老默就出来了,眯着眼睛看人。

来人掏出证件一亮:我是林管站的,姓张。

老默就急忙哈腰说:张同志,屋里坐,喝水。

张同志把手一摆,叹口气说:老默呀,这事我真不知咋开口。树,是你伐的吧?

老默说:啊,是。

张同志就又叹气:错就错在这儿,现在满世界都在保护环境,咱国家连耕地都退还山林了,你咋还伐树,这不是迎风上吗?

老默把嘴张成一个大洞,好半天才缓过劲儿来,说:树,是我的呀!

张同志语重而又心长地拍一下老默的手背,说:树,是你的,不假,但,伐树,得先办证,而你,没有。往大处讲,这属犯罪呀老默!

老默的脑袋咚一声像丢进一个乱蜂巢,嗡响一片,老默想:这可咋办呀?

张同志四下瞅瞅,说:老默,亲不亲故乡人,我不会把你给卖了,你只要把树款交出来,娄子我帮你去平。

老默沉默了。张同志耐心地开导说:你看我像害你的人吗?

老默就把钱交出来了,说:谢谢您了张同志。

张同志说:老默呀,往后办事可要三思呀,这么大岁数了,咋还冒失呢?

老默说:对不起,对不起,给你们添了麻烦。

老默颓丧地坐在墙根下,看孤独的树桩默默地蹲在尘埃里。有鸟儿飞来,迷茫地在空中转来转去。老默想那个张同志真不错的人呀,为我老默担着多大的风险呀!

真不错的张同志正和李太平在一起。李太平把700块钱往兜里装,说:咋不再罚老默300呢?正好凑1000块的整数。

张同志责怪地说:咱是为人民服务的,心中装着百姓疾苦,怎能违背了原则呢?

李太平说:是,是,是。

卖　羊

○于心亮

牲畜这东西有灵性。清早起来老默领羊向外走，羊不走了。老默寻条草绳牵住羊角，羊还是犯着犟脾气，不走。老默就叹口气说：我是没法子啊，钱是什么，钱是爷爷啊！

羊就走了，头一低一低的。老默也走了，腰一弓一弓的。老街坊土路上碰见了，低声问：实在没法子了？老默头一沉说：唉……

老街坊看着老默伴着他心爱的羊孤单地离去，便不由摇头叹息：屋漏偏遭连阴雨，老默咋就这么倒霉呢？

倒霉的老默需要钱，他要到镇上去卖羊。老默心里难受，羊也心里难受，就都不说话，只让六只脚儿在干燥的浮土上踩出一个又一个的印儿来。一只牛虻飞在羊背上盘旋，老默就抓起一把沙土扬过去说：不去叮牛来叮我的羊干什么？牛虻飞了，羊就叫了一声。老默去看羊，泪花就突然在眼眶里打转……

镇子却是近近地看见了，羊就磨蹭了一下，站在路旁喝了一点儿水。老默也跟着磨蹭了一下，蹲在路旁抽了一袋烟。但镇子，还是实实在在地走过来了。羊就害怕了，往老默身旁偎了偎。老默也害怕了，往羊身旁偎了偎。很快就有人注意了羊，过来看，看完了羊，才开始看老默：

卖羊？

卖羊。

咋卖？

老默伸出三个手指头。

来人伸出两个手指头。

老默摇头。

来人说：得，250，别还价啦！

老默说：250 不好听，280 吧。

来人就一拍大腿说：好！我这人爽快，280 就 280，谁让我看中了你的羊呢？

钱换在手，来人就要牵羊了。羊突然哭了起来。老默扭着脖子，不看羊。

羊就被绳子扯着拽着拖远了，却瞧见老默一脚深一脚浅地撵来了。老默说：你……你买我的羊做啥？

杀呀，杀了吃肉呀！那人很奇怪。

那我不卖了！老默把钱塞过去，然后抢过绳子去牵羊。

那人就很愤怒：你这人脑子进水了！咋出尔反尔呢？

老默抱着羊垂着脑袋不言声。那人站在一旁说：我站在这里，没人敢买你的羊！不信？你等着瞧！

老默不信，和羊老老实实地站着，等人来买他的羊。但没有人来。人们一看见那人凶恶地站在一旁，就打个旋儿飞快地走了。老默说：你咋这么霸市呢？那人从鼻孔里嗤出声音说：你也不打听打听我是谁？

老默也从鼻孔里嗤出声音说：我哪管你是谁？我只管卖我的羊！

老默把日头顶到头顶上，然后又扛在肩膀上，再然后，就别在自己的腰上了。那人耐心地笑道：怎么样？信服了吧？

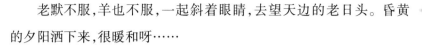

老默不服,羊也不服,一起斜着眼睛,去望天边的老日头。昏黄的夕阳洒下来,很暖和呀……

很暖和的夕阳里走来一个小姑娘,她身上背着一个草筐子。她飞快地看着羊飞快地向老默说:老爷爷,这是你的羊啊?

老默说:是啊,是我的羊。

小姑娘说:我要买你的羊,我盯你的羊盯了一天了,可我钱少……

老默说:多少钱啊?

小姑娘从手心里小心地展开一张汗湿的纸币说:100!这是我割了一个夏天的草钱,刚刚从草场老板那里领来的!

老默指着一旁的那个人说:你不怕他吗?许多人都怕他。

小姑娘就盯着那个人说:他是大人,我是孩子,大人不欺负孩子!我不怕!

老默就把100元钱接过来说:不怕你就牵去吧!

那人在一旁惊叫:你……你!100元卖了?

老默点头说:我卖了!我傻,是不是?

小姑娘牵着羊走了。小姑娘和羊的笑声撒了一路:走喽——去河滩上吃草喽!却又见老默急匆匆地撵来了,说:孩子!这钱……钱……

小姑娘就展开璀璨的笑脸朝着老默说:放心吧老爷爷,这钱是我用镰刀一刀一刀割出来的,不是偷的!

老默就湿着面孔朝着小姑娘挥挥手说:好……好孩子!

跟了老默一整天的那个人走过来说:这钱绝对的假币!你看看,里面连老人头都没有!

老默把一张软软的假币在眼前展开,瞧着浓浓的暮霭从里面昏沉沉地涌出来,老默脸上灰暗一片。那人说:看你也是个善心人,要不这样,我也做做善事,50元,你卖给我!总比竹篮打水一场空要好得多!

老默就乜斜着那人说:一整天你都缠着我烦不烦?你说说,你用那工夫,能赚多少个50元?这世道,钱是什么?

回去的路上,老默用假币做了一个风车。晚风里,风车一直在老默的手中呼啦啦地转着……

鳗鱼灯

○杨祥生

　　秋天的大江,风平浪静,宛如一马平川,正是捕鱼的佳期。渔人和大黑猫正不遗余力地追捕受伤的鳗鱼。几天来的飞船击水,累得他气喘吁吁。

　　这条鳗鱼真大真猛啊,是渔人打鱼几十年碰到的头一遭。他清晰地看到,这条鳗鱼体长如蟒,鳞白似雪,头尖像刀,鳃红比火。眼看鱼已经困在网中,可惜他动作稍迟缓,收网时慢了半拍。捕鱼者谁不贪图擒只大鳗鱼,这既是高超技术的象征,也是至高无上的荣誉结晶,他怎能不心狂意乱呢? 然而鳗鱼非等闲之鱼,它身陷罗网,闷劲大发,头部奋不顾身朝前猛冲,网破鱼逃。他急中生智,拔出鱼叉从天而降,只见水面泛起一团红水,一股白浪划成一条线疾飞而去,受伤的鳗鱼就这样迅速遁入大江。为此,他急得在小船板上跺了几脚,后悔了好大一阵。

　　凭多年来的打鱼经验,他知道大凡受伤的鱼只顾往前冲,不会往后退。他不气馁,下定不逮到大鳗鱼誓不罢休的决心。他迅速收网,一条小鲫鱼缠在网眼里,他悄悄地放到水里。职业道德告诉他,这是国家放养的鱼苗,严禁捕捉。啊,一条鳗鱼! 他一把捉住放到竹篓里。据说渔人最忌空手而归,如果打不到一条鱼就返航,预示着你今后可以改弦易辙了,否则在渔人面前你永远都抬不起头来。有了这条鳗鱼垫底,他没有后顾之忧,可以一心一意追捕大鱼了。

渔人大口大口抽了支烟,顿觉神清气爽。他用江水洗了把脸,吐了口痰,拍拍麻木的双臂,挺起胸脯,稳捺舵把,瞄准目标驰去。小船突突驶了几个时辰,突然颠了颠,戛然而止,且吱吱往下沉。他往下看,脑袋轰的一声炸开了,嗓门迸出了声:不好,鬼滩!

渔人说的鬼滩是江夹口淤泥形成的暗滩,稍有负重物压上就下陷。他仿佛进了鬼门关,从头凉到脚。

小船渐渐下陷,随时会有灭顶之灾。他犹豫了片刻,背起竹篓,搂住大黑猫跳下水,靠娴熟的水性爬上岸。

眼前的情景令他傻了眼,他误入芦苇滩。白茫茫的芦苇密密匝匝,分辨不出东西南北。江风吹拂,发出哗哗巨响,揪人心肺。天黑乎乎的,犹如一只大黑锅笼罩地面,阴森森悚人。天凉好个秋,尤其是晚上,露水簌簌从芦叶上落下,凉得人打趔趄。连累带冷伴饿,渔人筋疲力尽,却没有一丝睡意,他反复想到的就是充饥,可是眼下干粮早已被鬼滩埋没,打火机也丢了,唯一剩下的就是这条鳗鱼。他将鳗鱼从篓里取出,牢牢地抓在手里。没有火怎么办? 看来只有生吃,人饿急了吃什么都是香的。

大黑猫也饿得没有力气,双眸半闭,紧紧依在主人身旁。它看到鳗鱼,一下睁开眼,伸出长长的舌头,咪咪地叫着,声音低哑而凄婉。

他一惊,大黑猫几次救他于险境的场面在眼前闪现。一次他躺在沙滩上睡觉,一条毒蛇爬到他身上,大黑猫用舌头舔他,将他弄醒……

渔人心头一热,他将鳗鱼递给大黑猫。大黑猫咪咪叫了几声,咯嘣咯嘣嚼着鳗鱼。他仿佛欣赏一曲美妙的乐曲,慢慢地进入梦乡。

渔人被一声声呼喊惊醒,身旁站着几位陌生人,打着手电筒,大黑猫咪咪叫唤着。

陌生人告诉他,他们都睡下了,是大黑猫的叫声惊醒了他们。他们知道有人遇到困难,就跟着大黑猫摸来。

打那以后,渔人不打鱼了,在芦滩搭了间小棚,大黑猫守候在他身旁。每晚,鬼滩旁有只马灯亮着,渔民们齐说,这盏灯是指路的鳗鱼灯。

母亲的书包

○杨祥生

母亲刚过 70 岁,就患上严重的精神分裂,疯疯癫癫地到处跑,搅得乡下的弟妹怨声载道,多次来电要我帮帮忙。作为大姐,我没理由拒绝。再说我家住 12 层,电梯一关,母亲想跑也跑不走。

我家养了只大黑猫。母亲问:"生生,你怎么养黑狗呀?"我正在洗衣服,没好气地说:"妈,那是黑猫,不是黑狗。你眼花吗?"她霎时嘿嘿大笑,拍着手唱起来:"咪咪咪,两眼眯,不吃米,专吃鱼。"她边唱边弯下腰捉猫,黑猫嗖地一蹦逃走了。她扑通倒在地下,大口大口喘气。我板着脸说:"妈,猫是你捉的吗?"谁知她双脚一缩,头朝前伸,顶翻了小桌,桌上摆的热水瓶砰地摔倒,砸得粉碎。幸而热水瓶是空的,若盛满开水定然会烫伤的。我有点气急败坏,说:"妈,你脑子不好,眼睛也不好?"她意识到做错事,头低垂着,身子有点颤抖。我唯恐她手碰了碎片,急忙放下衣服拿起扫帚扫。她慢慢站起来,说:"生生,碎片好玩,留一块吧!"我不耐烦地说:"你只知道玩,真累赘!"我一骂,她蹲在墙角扳手指。

我刚把碎片扫干净,她已到洗盆上搓衣服。我喊道:"妈,别把衣服弄脏!"她一惊,手中的衣服一下子落地,两只手全是肥皂泡。"要不,我给你拿皮手套,别冻坏了手!"听了她的话,我又好气又好笑,只好劝她："妈，这里没你的事，你把手擦干净回房歇息吧。"谁知她将脏手往一只黑皮包上擦。黑皮包是儿子刚买来准备出差用的。我气坏了，说："妈，你怎么净捣蛋！"她不仅不生气，反而讪笑着："我有，我有书包。"随之她从卧室里拿出一只褪了色的用珠子穿成的旧书包，说："我赔，我把书包赔给你。"

啊？这不是我上小学背的书包吗？我差点叫起来，童年时的生活又在我眼前闪起。父亲早逝，是当工人的母亲一把眼泪、一把汗水将我们弟妹三人抚养成人。我上小学三年级时还买不起书包，就嚷着要。母亲笑着说书包会有的。她不知从哪里搞到一串闪闪发亮的白珠子，晚上坐在小煤油灯下一针一线穿着，一个星期后熠熠发亮的珠子书包落成了，开始我背着它颇感新鲜，后来嫌它太土气就撂到垃圾堆里，料不到母亲竟找到它，像宝贝似的藏到现在。

"脏乎乎的，快扔到垃圾桶里！"我把书包扔到地上。

母亲迅速把书包捡起来，神秘地藏到卧室的小箱子里。

母亲逝世后一周，我闲得无事，从小箱子里找到书包。书包鼓鼓的，我好奇地打开，只见包里藏着三件东西：

一件是圆盘形的刺绣大黑猫，形态栩栩如生，针线娴熟老到，无疑是母亲的杰作。刺绣反面贴着一张纸条："生生 3 岁了，喜爱猫，只好自做。生生挺听话，天天逗着猫唱：'咪咪咪，两眼眯，不吃米，专吃鱼。'"

第二件是块热水瓶碎片，用布包了，还贴了张标签："生生打坏了热水瓶，我也有责任。今后放东西要当心，留块碎片纪念。"

第三件是副皮手套，有张纸说明："生生到北方上大学了，北方冬天很冷，皮手套可以御寒，千万别冻坏手。"

最后是一张留言："此书包可作为文物保留，方便时请专家鉴定，勿忘！"

我又惊又喜，不禁泪流满面。

不久，中央电视台《寻宝》专栏来市寻宝，我悄悄地将书包给专家鉴定。专家左看右看，肯定地对我说："这件书包工艺独特，珍珠是明代产品，有极高收藏价值。"我简直不敢相信自己的眼睛。

每年 8 月 14 日是母亲的忌日，我都将书包放到母亲遗像前，带领全家人三鞠躬，我认为这是对母亲最好的纪念。

父　亲

○岳　勇

　　我和二弟、三妹已经离开湖北老家来广东工作十多年,在老家那栋老式的砖瓦房里,只剩下父亲和母亲相依为命。

　　父亲曾是老家乡村小学的教师,咬紧牙关送我们三兄妹到镇上念完初中到县里读完高中到省城上完大学到广东参加工作之后,父亲的头也白了背也驼了,只能退休在家放牛放羊喂鸡喂猪了。

　　一天,我收到了一封父亲寄来的信。父亲的信很长,写的都是一些乡间琐事,村里谁家娶媳妇儿了,谁家的老人过世了等等。末了,父亲说:"你们兄妹已久未回家,家乡的面貌只怕都已忘记了吧? 为父年事已高,行动多有不便,唉……"

　　看完信,我和弟弟妹妹商量一下,赶紧寄了三千元钱回家,嘱咐母亲给家里请一个用人,照顾两老的生活起居,并说家里那些牲畜都不要喂了,免得劳神,以后我们按月寄回生活费就是了。

　　可是过不多久,这三千元钱就被父亲原封不动地退了回来。在我收到退款的同时,也收到了父亲的信。父亲的信已明显的比上次来信短了许多,只有寥寥几句:"我儿,钱款退回,为父尚能自食其力。只是前日在屋后苦楝树下绊了一跤,腿脚已大不灵便,急需拐杖代步……"

我们三兄妹明白了父亲的意思,立即到商场买了一把上好的檀香木拐杖给父亲邮了去。

谁知一个月之后,父亲又将拐杖给我寄了回来。我以为父亲嫌这拐杖不好使,便又重新选购了一把不锈钢的,而且还带有报警灯,若是摔倒,便会发出"嘀嘀"的声音。

谁知这把拐杖寄回家不久,又被父亲退了回来。这回我们都傻了眼,不知父亲此举是何用意。最后还是三妹聪明,说:"爸是嫌这拐杖比不上别人家的,不够档次呢,咱们再给爸买一把最好的吧。"

第二天,我们托人从深圳带回来一把最新式的拐杖,不仅能放音乐听收音机,走累了还能当椅子坐,碰上下雨天还能当伞用。我们将这根集高科技于一身的新式拐杖寄回家,这才松口气,心想父亲这下该满意了吧。

谁知二十来天后,父亲又将这把拐杖寄给了我。我瞅着退回来的拐杖直皱眉头,心里老大不高兴,二弟和三妹也说:"老头子这是怎么了?怎么越老越难伺候了?"

我们商量了半天,决定写封信回去问一问父亲到底想要把什么样的拐杖。谁知我的信还没寄出,就收到家里发来的电报:父病,速归。

我看了心中七上八下,与弟弟妹妹商量说:"要不咱们都回去看看吧?"二弟一边拨打着手机一边说:"公司的事正忙着呢,这一时半刻哪抽得开身。"三妹也说:"是呀,我明天就要去日本,还指不定什么时候回来。咱妈也是的,人老了谁没个小病小痛的,用得着这么大惊小怪吗?大哥,要不你先回家看看情况再说吧!"我一想,也只好如此了。

我处理完手边的事务,两天后,乘上了开往湖北老家的火车。回到家,家里大门紧闭,邻居说你爸妈已在县人民医院住了一个多星期了呢。

我赶到医院。几年不见，父亲已经苍老得快让我认不出来了。看着颧骨高突面容憔悴的父亲奄奄一息地躺在病床上，我心头一酸，眼睛不由自主地湿润了。

看见我，父亲呆滞无神的眼睛忽然一亮，急忙握住我的手，双眼却直往我身后瞅："他们两个呢？"

我脸一红，嗫嚅着说："他们……这几天太忙了……"

"哦！"父亲苍老的脸上掠过一丝失望的神色，目光又渐渐黯淡下去，双目似闭非闭，忽然，一颗混浊的泪珠流了下来。

我心里一颤，急忙抓紧父亲的手，头却羞愧地垂了下来。

不一会儿，父亲进入了似睡非睡的状态，口里却还似乎念念有词。我侧耳一听，却是在喃喃自语："……拐杖……拐杖……我的拐杖……"

我回过头来问母亲："不是给爸买了几把拐杖吗？他怎么……"

母亲看看父亲，又看看我，脸上露出一丝苦笑，说："傻孩子，你忘了你们小的时候，不是跟你爸说过，等他老了，你们要做他的拐杖，陪你爸到北京看天安门看长城的吗？你爸的拐杖，就是你们兄妹三个呀！"

我顿时惊呆了，心一阵阵的痛着。

这天半夜里，父亲带着深深的遗憾离开了这个世界……

年关难过

○岳　勇

　　进入腊月,年关将至。星期六这天,周副县长正坐在家里看书,门口来了一位身背蛇皮口袋白发苍苍的乡下老太太。周副县长大吃一惊,叫道:"妈,您怎么来了?"原来这位老太太正是他远在六十里外乡下老家的老母亲。

　　老太太呼着白气说:"快过年了,城里肉价高,你爸早早地把年猪杀了,叫我背些肉来给你们。"周副县长问:"我爸怎么没来?"老太太说:"家里的老牸牛天天要人喂草料,离不了人。"

　　周副县长接过装肉的袋子,看着母亲苍老的面容,心里酸酸的。按理说,快到年关,他早该把爹妈接来城里享清福了。可是他们这个县是全省出了名的贫困县,他这个副县长一家四口至今还挤在这间县政府的小宿舍里。

　　吃过中午饭,老太太说什么也要回去。汽车开动的那一刹,老太太忽然打开车窗朝儿子喊道:"进城时你爸让我捎句话给你,说什么年关难过,叫你好好把握……"下面的话听不清了,因为汽车已经走远了。

　　"年关难过,好好把握!"回家的路上,周副县长仔细琢磨父亲交代的话,却不明所以。老婆在一旁开腔道:"你爸的意思是你都当上副县长了,家里还是那个穷样。年关难过,是说家里连置办年货的钱都没有,过年都困难,你要好好把握住时机。"周副县长回味着父亲的话,也回味着老婆的话,目光渐渐变得迷茫起来……

周副县长在县里是主管工商行政这一块的。腊月二十四这天,同学老杨到家里来找他——老杨准备在县城开一家建材公司,万事俱备,只差营业执照没办下来。"老周,你跟工商局的人不是很熟吗?你看能不能帮我……"老杨说这话时,不失时机地从皮包里掏出一个鼓鼓的信封,从桌子上轻轻推了过来。周副县长忍不住眉头一皱。说实话,他十分反感这种做法,本想和以前一样义正词严地拒绝,可是一看到妻子那期待的目光,一想到父亲那辛酸的话语,他又犹豫了……

两天后,小舅子又带了一个朋友找上门来。原来那个朋友是开餐厅的,因为向顾客销售假酒,前几天被工商局吊销了营业执照,想找周副县长帮忙拿回营业执照。这回没待周副县长发话,妻子便拍着胸脯满口应承下来,同时也顺手收下了那人递过来的一条中华烟。后来打开一看,里面塞了不少钞票。

这样不费吹灰之力就赚了两笔外快,加起来有几千块钱,周副县长的心里再也不能平静了。一直到大年三十这天,他家里客人不断,提烟的提酒的送钱的,夫人来者不拒,一一笑纳。

周副县长看着一堆花花绿绿的钞票,看着一份份价值不菲的礼物,心里就像十五个吊桶打水——七上八下。"不会出什么事吧?"他心事重重地说。妻子一边用手指蘸着口水数钱一边毫无顾忌地说:"你放心好了,神不知鬼不觉,出不了事。明天初一去乡下给爸妈拜年,先给你妈塞上5000元,也让他们知道没有白养你一场。其余的钱都存起来,再过两年孩子该考大学了,正是花钱的时候。"周副县长闭上眼睛长叹一声,说:"难得你有这份心,就依你吧。"

一切都似乎风平浪静,可一切又来得那么突然。春节过后两个月,就接连有坏消息传来,先是小舅子朋友的餐馆发生食物中毒事件,死了一个人,还有十几个躺在医院抢救;而后是老杨经营的劣质钢材致使县郊一幢五层高的新楼房还没封顶就塌了,砸死砸伤好几个民工……要想人不知,除非己莫为。市纪委的调查小组很快就下来了,周副县长被隔离审查。

得知儿子出了事,老父亲急忙从老家赶到县城。见到儿子,老人家怒不可遏,上前就是两巴掌,咬牙道:"畜生!你竟做出这样的事来,我这老共产党员的脸都被你丢尽了!"

周副县长说:"您不是让我妈捎话给我,说年关难过,叫我好好把握机会吗?"

"唉,你妈误我!你妈误我!"老父亲顿足痛呼,"我是叫你妈嘱咐你:'廉关'难过,你要好好把握住自己呀!"

风　水

○岳　勇

　　李斌今年 36 岁,是国土局一名干部,妻子肖梅是一名中学语文老师。前不久,李斌升职了,当上了副局长,工资也涨了一级,夫妻俩商量着,就决定在离单位比较近的地方买一套房子。

　　经过一个多月的精挑细选,夫妻俩最终把目标锁定在祈福山庄。祈福山庄是一位香港房地产商开发的,楼盘坐落在风景优美的笔架山下,前面是繁华都市,后面是碧绿山峦,再加上离李斌和肖梅上班的地方都不太远,所以夫妻俩都很中意。但当具体落实到要定下来买楼盘里的哪套房子时,他俩却闹起了矛盾。

　　原来他俩看上了不同的两套房子,南面一套房子阳光充足,宽敞明亮,肖梅很喜欢,可李斌却说这里挨着楼梯间,面临小区大院,人多眼杂,不够清静。他看中的是北面的一个套间,那里面对着树木葱茏的笔架山,空气清新,环境清幽,可肖梅却嫌那里背光,光线不好,遇阴雨天家里就得开灯。

　　夫妻俩商量来商量去,也没能得出个统一的意见。眼见交定金的最后期限就要到了,肖梅不由急了,最后提议说:"买房是件大事,咱们不能只从家居方面着想,风水方面是不是也要考虑一下? 我们学校后面有位摆地摊的风水先生,听说他对此道颇有研究,说话也十分灵验,要不咱们请他来帮咱们参谋参谋?"李斌虽然不大相信风水先生那一套,但也知道夫妻俩各持己见,这样僵持下去不是办法,既然妻子提出了一个折中的意见,那么听听别人的看法也好。

第二天中午,肖梅便真的将那位其貌不扬的风水先生请到了祈福山庄。风水先生由南到北把两套房子里里外外看了一遍,闭目思索片刻,最后把眼睛一睁,说:"北屋主凶,南屋主吉,我建议你们还是买南边那套房子。"

李斌眉头微皱,问:"为什么呢?"风水先生站在北面套间的阳台上,望着外面的苍茫青山道:"风水学中有云:未看山,先看水,有山无水休寻地。这套房子开门见山,若有一条小溪自山前流过,死山遇见活水,便不失为一块风水宝地。可惜有山无水,山是死山,运势全被山峰挡住,故为不吉之地,若要强行入住,恐怕会对主人的仕途有所影响。"

肖梅忙问:"那南边那套房子呢?"风水先生微微一笑,说:"南面那套房子的风水就好多了,面南背北,帝王之相,若住南边,这笔架山就转到屋后了,所谓'后靠明山当掌权',对主人家的好处就不用我多说了。"

肖梅高兴地说:"我就说南边那套房子好嘛,我这就去交定金。"李斌见风水先生说得头头是道,而且又事关自己前途,也只好宁可信其有不可信其无了。

李斌夫妇搬进南面的新居不久,他们原来看中的北面临山的那套房子也有人入住了。住户跟李斌还挺熟,是财政局的"一把手"。一年之后,忽然有消息传来,这位"一把手"因为经济问题被"双规"了。

"一把手"落马后不久,市里从外地新调来一位姓姚的副市长,以二手房的价格买下了他那套住房。谁知两年之后,这位姚副市长任期未满,便因收受贿赂而身陷囹圄。

而此时的李斌,由于为官清廉,办事认真,早已由副局长升为了正局长。听到北面那套房子的主人接二连三出事的消息,再想想当初那位风水先生的预言,不由暗自称奇,一定要妻子把那位风水先生找来请到家里吃一顿饭,以感谢他的金口玉言。

肖梅听了,不由扑哧一笑说:"哪里有什么风水先生,那是我请我们学校的一位历史老师假扮的,他说的那番话呀,也全都是我教他的。"李斌一怔:"你教他的? 你几时学会看风水了?"肖梅笑得更欢了:"我哪里懂什么风水,实话告诉你,我是照着书上胡诌的。"

李斌更是吃惊:"胡诌的也这么灵验?"肖梅正色道:"哪里呀,我是见你升官了,以后找你办事的人一定会多起来,南边的房子紧挨着楼梯间,又面对着院子,如果有人提着礼物来拜访你,全院子的人都看得见,就算他敢送礼,你也不敢收呀! 北面那套房子就不同了,那里十分背静,就是有人开着大卡车来送礼行贿,也不会有人看见,所以我才坚持要买南面这套房子。"

李斌听了,想想自己和那位"一把手"以及姚副市长的不同境遇,不由心存感激,一把握住妻子的手说:"阿梅,你才是真正的'风水先生'呀。"

是狼？是狗？

○孟宪岐

山旺家五十多斤重的猪娃子，在夜里不知被什么东西给叼走了。

难道是狼不成？

这个消息让水生激动不已。他来到山旺家，围着猪圈转了三圈，胸有成竹地拍了拍山旺的肩膀说：没错！准是那东西！

山旺就说：那你可得想点办法，要不，谁家还敢养猪哇？

水生叹了一口气说：咳，没火铳整不了它！

山旺就偷偷地笑了，悄悄告诉水生说：我爷爷当年那支火铳，还在我家柜里藏着呢，赶明儿借你用用，等打死了那畜生，再还我。反正，咱这小村子，山高皇帝远，你不说，我也不说，谁能知道？

水生就当场看了山旺家那杆又黑又旧的破火铳，摆弄了好一会儿，满意地说：还行，不过，你暂时还好好保管着吧，千万可别让村干部听到风声，否则不但要没收，还要罚款呢。等我想用的时候，我会找你的。

山旺和水生是表兄弟，啥事也不隔心。前些年，水生有一杆双管猎枪，用它没少打狍子、山鸡、野兔，后来国家号召保护动物，禁止狩猎，收缴了所有的猎枪，水生便不再打猎，一心一意地伺候庄稼。这次，当他断定山旺家的猪是让狼弄走的时，他的手又痒痒起来。

多少年没有再见到狼的踪影啦！

水生去集市上买了一些粗细不等的铁丝,起了大早,钻进山里瞅好狼道,系了好几个套子,专等野狼上套呢。

一天。

两天。

三天。

一晃半个月过去了,村子里安然无恙,水生的套子安然无恙。

那天,夜里下了小雨,水生早上起得晚了点,一个人溜溜达达进了山。走到他下套子的地方一看,他惊呆了:站在一棵大树底下转圈圈的那个黄黑的东西,不是狼是什么? 水生大喜过望,迅速往家跑,他从家里找了一把镐,就去喊山旺,山旺也拿了一把镐,两人一同进了山。

山旺一见那又高又大的狼龇牙咧嘴的凶恶样子,心里害怕,手就有点抖,说话也结巴起来:就、就咱俩,我怕斗不过它! 咱再、再、去找人吧。

水生说:没事,它拴着呢,咬不着你。它冲你去时,你砸它的脑袋;它冲我来时,我也砸它脑袋,几下就要它小命了! 果然,那狼一会儿朝山旺扑,一会儿又朝水生扑,但它被套住了一条腿,无论怎样挣扎,也逃脱不了。

最后,这只狼被打死了。

山旺和水生把狼抬回村里,正扒皮呢,村主任来了。村主任沉着脸子说:狼也是国家要保护的动物,你们八成是犯法啦!

山旺马上对村主任笑着说:村主任呀,一会儿给你家送点狼肉去,狼肉治百病啊!

村主任冷冷地说:最低也得给我弄个五六斤! 否则说不过去!

水生给村主任割了有七八斤狼肉,村主任才咧咧嘴,乐了。

第二天,乡长坐着小轿车来到水生家。

乡长问水生:还有狼肉吗?我妈说那东西是偏方,能治不少病呢,给我弄十斤!

水生小声说:都分给大家了……

水生刚说到这里,乡长便瞪大了牛一样的眼睛狠狠地说:什么?你们懂吗?狼是你们随便打的吗?要负法律责任的!

水生看一眼着急的乡长,不紧不慢地说:我自己留了几斤,准备送我爹的,就都送给乡长吧。

乡长这才转怒为笑,叮嘱水生说:下不为例!下不为例!

水生自己一斤狼肉没捞着,就落下一张狼皮,水生知道狼皮的贵重。

听人说,身下铺一张狼皮睡觉能防盗,只要有贼来家偷东西,那狼皮的毛就自然扎煞起来,把主人扎醒了,所以狼皮很值钱。水生把狼皮拿到离村子最近的集市上去卖,有一位中年人相中了,给水生五百元,水生认为给得太少,没有出售。

过了一星期,水生又拿着狼皮,到离村子有五十多里地的一个大集市去卖。集市上熙熙攘攘,人特别多,水生觉得今天一定会卖个好价钱的。果然,有四个小青年一齐聚过来,全都盯着狼皮出神。水生突然发现上个集想买他狼皮的那个中年人也在旁边往这里看。

水生正感到情况有些不妙的时候,有一个青年对他的胸口就是一拳,大声骂道:你小子竟敢打死我家的大狼狗,今儿终于找到你了!

水生刚想辩解时,他的肚子上也挨了一脚。踢他的另一个青年也骂道:送他去派出所,让公安把他抓起来!

几个青年一吵闹,围观的人多起来。四个小青年七嘴八舌,让水生就是浑身长嘴也说不清了。最后,几个人不但把他打了,还抢走了他的狼皮!

水生只能眼睁睁看着人家把狼皮拿走,却啥话也说不出来。

从集市上回来,水生气愤地说:狼多肉少,这些人比狼还狠呢!

是人？是熊？

○孟宪岐

冬天一眨眼就到了。

在农村,尤其是偏僻的农村,历来冬天都是老百姓们最闲的时候。玩点小麻将,打打扑克,或者男女互相调调情,反正,没啥事,想干啥干啥呗。

当然,也有那么极少的一部分人,冬天整个塑料大棚,种点新鲜蔬菜,总让桌上红红绿绿的。

水生既不打麻将,也不玩扑克,更不去找女人的麻烦。他偷偷地从他表弟的柜里找出了当年藏起来的那杆火铳,背在肩上,早出晚归。谁也不知道他在干些什么,只是能闻到从他家里时不时飘出的肉香。大家就想,这小子的生活水平不低啊！天天能见到荤腥,不简单呐。

实际上,这么多年来,国家号召封山育林、保护生态环境,还是很有成效的,山高林密,山里的野生动物逐渐多起来。虽然没收了枪支,不允许打猎,但一些地方的农民还是用下套子、埋夹子、洒农药等办法,弄到野鸡啦,山兔啦,狐狸啦,狍子啦,到集市去卖,换回米面啦,猪肉啦,粉条啦等。

水生打到的东西却从来不卖,都自己吃掉。

这天夜里下了点小雪，正是上山的好机会。水生吃罢早饭，用布袋子把火铳装好，背在肩上，大步流星上了山。让水生非常失望的是，他在山上跑了近两个小时，竟连一只山鸡的影子都没有见到，这太奇怪啦！

水生正生气呢，就突然发现对面的山坡上有一个灰白的东西在动弹，忽高忽低，头一抬一抬的。水生揉揉眼睛，仔细看看，不敢断定它是一只狐狸还是一只狍子。因为那东西比狐狸或狍子个大一些，难道是一只熊不成？

可是，水生从没见到过灰白的狗熊呀。

水生不敢再向那东西靠近了，怕惊动它，让它白白跑掉，转了大半天，好不容易遇到了这么个大家伙！水生后来一咬牙，下定了决心，管它是什么东西呢，先撂倒再说！

水生平心屏气，瞄准，轻扣扳机，咚的一声脆响，水生眼瞅着那家伙被他打倒了！

水生兴奋地收好火铳，见那东西没有再起来，他才放心地跑过去。

可是，当水生跑到那个家伙面前一瞧，吓得他"吗呀"一声，两腿一软，瘫在地上起不来了。

他看到的哪儿是什么狐狸、狍子、狗熊呀？分明是村里的老光棍二喜！

那二喜头戴一顶羊皮帽子，穿一件羊皮袄，油腻腻脏兮兮的，正在割柴火呢，所以头一低一低的，从远处看，不是个动物是什么？

瘫在地上的水生有些蒙，不知道该怎么办好了。

过了好半天，他才纳过闷来，救人要紧哪！

他用手拍了拍自己的脑袋，让它清醒清醒，这才去扒拉倒在地上的二喜。二喜脸上血糊糊的，水生用手指放在他的鼻孔下，感到还有微微的气息出来，便扔下火铳，背起二喜就往家跑。

{ **077** }

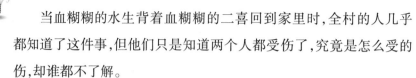

当血糊糊的水生背着血糊糊的二喜回到家里时,全村的人几乎都知道了这件事,但他们只是知道两个人都受伤了,究竟是怎么受的伤,却谁都不了解。

水生把二喜放在炕上,就立刻出去找拖拉机,送二喜去乡卫生院。

经过医生们的紧急抢救,二喜保住了性命。医生从二喜的脸上、胳膊上、大腿上,一共取出三十八颗枪沙子!

做完手术,二喜就能说话了,他对坐在他身边的水生说:你怎么来陪我? 那枪是你开的?

水生点点头说:对,是我开的,你说是咋回事呢? 我的眼睛平时一点毛病也没有,那天咋看你咋也像动物,就开了枪,我对不住你呀!

二喜摇摇头:你也不是故意的,我不怨你,只是这住院钱,老贵的,我拿不起啊!

水生听到这句话,心里酸酸的,眼睛也酸酸的,就有泪从眼角里溢出来。水生攥住二喜的手,使劲握着说:二喜,你放心吧,我水生不会亏待你的! 你就好好养伤,所有的治疗费用,所有的误工费用,我都会一分不少拿出来。

可以这样说吧,二喜自打从娘肚子里钻出来,也没有尝到过这么好的滋味:吃到了从来没有吃过的东西,住在了这么干净的房子里,见到了那么些白白胖胖的女医生女护士,他觉得这是他一生中过得最好的一段时光。

在医院住了半个月,二喜的伤口还没好利索呢,他就对水生说:咱走吧,我啥事都没有啦,再住下去,这得花多少钱啊!

水生说:钱的事你甭惦记,咋也得养好了呀。

经不得二喜再三缠磨,水生只好把二喜送回了家。

二喜回家那天,水生把他背进屋,对着镜子,二喜第一次见到了手术后的脸,上面满是伤疤,他止不住泪流满面。

他已经打了二十多年的光棍,如今这模样,恐怕更不会有哪个女人嫁给他了,这辈子,只能自己过一生喽。

水生看见二喜流了泪,心里慌慌的,就一把抱住二喜说:好兄弟,不用担心,以后,只要我水生活一天,就有你二喜一口吃的,我会给你养老送终。

二喜用手抹了一把泪,幽幽地说:水生哥,人这都是命啊,我不记恨你,往后的日子咱还得好好过不是?

水生的泪水就再也控制不住了。

水生走后,二喜又对着镜子照了一番,然后躺在炕上蒙上被子,号啕大哭起来,边哭边说:这以后可咋叫我见人哪,我就更没脸见女人啦……

水生从此以后不再上山打猎,他要经常去二喜家,陪二喜说话,聊天,还要喝点小酒。

但水生到现在也没闹明白:他看到的本来就是狗熊,怎么就成了人呢? 当时眼睛肯定没问题呀,脑子也肯定没问题呀,到底是哪儿出了问题?

是梦？是醒？

○孟宪岐

江山易改,本性难移。这句话是老祖宗传下来的,非常准确,尤其是用在水生身上,那就更准确啦!

这不,被他用火铳误伤的二喜早就啥事没有了,就是脸上的伤疤也不明显了,这让水生高兴。要不,他心里愧疚哇。二喜更高兴,说不定将来有哪个看走了眼的女人,会相中他呢! 水生觉得又没什么可牵肠挂肚的啦,手便又难受得很,就还想去山里走一走,希望再碰上什么好东西。

水生就去表弟山旺家拿那杆旧火铳。

山旺说:哥,前年那事难道你又忘啦?

水生说:没忘。过去的事就让它过去了,最近我看山上有不少蹄子印,都是狐狸的,弄一个,好给你嫂子做件狐狸皮围脖,现在时兴着呢。

山旺淡淡地说:你犟,我说不过你,反正,要多加小心才好!

水生虽然把火铳拿到了手,但他没有立即进山。因为乡里动员村民建塑料大棚,他家有三分地,必须盖上。这样耽误了十多天,他一直都在家里忙。

终于忙完了塑料大棚。

这天夜里，水生做了一个稀奇古怪的梦：一位红衣红发的漂亮女子姗姗走来，水生此时正身背火铳行走在大山中。他不明白，这深山老林里，怎么竟会有如此美貌女子一人独行。她从何处来？又向何处去？这时，那女子对他嫣然一笑，令他受宠若惊。女子轻启粉唇，露出一口齐刷刷的小白牙，婀娜万分地说：鬼狐莫打，仁德留下；若起贪心，必伤骨筋。水生刚想问个明白时，那女子已飘然而去。

水生醒来，想起女子那貌若天仙的样子，有点黯然神伤。

第二天，水生吃罢早饭，装好枪药，想着梦中的女子，闷闷不乐，一路想着心事，朝山上走去。

走着走着，水生便发现前面有一团火在燃烧，一边燃烧一边前进。水生加快脚步，那团火前进的速度也加快。后来，水生一路小跑，离那团火越来越近。

水生到底看清楚了，那是一只狐狸，还是一只火狐！

关于火狐，水生还是听爷爷说的，其实他爷爷也只听人说过，自己也从来没有见过。村里许多人也都是从传说中知道有火狐，真正的火狐谁也没见过。

这回水生看到了，他欣喜万分！

因为，火狐皮太值钱啦！

但水生明白，火狐不好打，它太狡猾。

见到了这么好的东西，他水生怎能不动心呢？

水生早忘了梦中的事，早忘了不高兴的事！他躲在一处隐蔽的地方，瞄准前面的火狐一扣扳机。枪响过后，那火狐浑身一哆嗦，啥事没有，依然不紧不慢往前走。水生这时心里纳闷：他平时的枪法一直不错，今儿怎么就打偏了呢？

一枪不准，再来第二枪！水生马上重新装上火药，又是一扣扳机。那火狐依旧是身上一哆嗦，照样不紧不慢地走，甚至还回头看看水生。

水生大惊,连忙又装第三枪,等装好枪药再想瞄准时,那火狐却不见了踪影。

没有打到火狐的水生很沮丧,他发誓要找到这只火狐。

水生就满山遍野地寻找火狐。找了多半天,口渴了,肚饿了,腿疼了,再也没力气走了,水生才背着火铳往回赶。不知是累糊涂了,还是怎么的,反正,水生忘了把火药从枪膛里退出来,就那么枪口朝下背着。

如果要是往日,水生是不会这样不小心的。

也是命中注定,水生下坡时脚下一滑,人倒没咋样,火铳的带子却断了,枪口戳在水生脚上,咚的一声,水生感到脚上揪心一般疼痛。

水生被自己的火铳击中了!

水生坐在地上,看到被火铳打得乱七八糟的脚,痛苦地闭上了眼睛。可奇怪的是,他一闭眼睛,那火狐就出现在面前,他一睁眼,就没了,再一闭,火狐又来了,却慢慢变成了他在梦中见到的那个女子,那女子又对他妖媚地一笑,飘然而去,于是,吓得水生再也不敢闭眼睛了。

天越来越黑,水生的女人见水生这时还不回来,就找山旺和二喜一同进山寻找,最后,发现了已经昏过去的水生,把他抬回了家。

很不幸的是,从此,水生变成了一个瘸子。

水生究竟是怎么受的伤?

为什么自己把自己打了?

水生在山里遇到了什么事?

整个村子里没有一个人知道,连水生的女人都不知道,别人还能知道吗?

后来,村里又有不少人发现过火狐的影子,都回来跟水生说。水

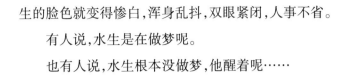

生的脸色就变得惨白,浑身乱抖,双眼紧闭,人事不省。

有人说,水生是在做梦呢。

也有人说,水生根本没做梦,他醒着呢……

代课教师

○阴玉军

经过家里人一番苦口婆心的劝说,落榜的张玲终于答应到涝洼小学当代课教师了。

报到那天,张玲在校长室见到一个哭得一把鼻涕一把泪的瘦男人正跟校长诉苦:"赵校长,俺都代了五六年课了,你可不能说不用俺就不用俺了啊。"

"老田啊,请你理解,我也没办法,你说上边……"赵校长猛然发现屋门口站着的张玲,赶紧刹住了话头,站起来热情地给张玲介绍:"这是田老师,你来就接替他的班。"

张玲立刻明白了瘦男人哭的原因,不过她又觉得他很可怜:一个大老爷们儿,哭什么? 出去到建筑队当个小工也比赚这百儿八十块代课费强呀! 要不是因为家庭困难交不起昂贵的复读费,要不是为了能抽出点儿时间复习以利明年再考,自己才懒得来这个连院墙都没有的七漏风八漏雨的破学校当代课教师呢!

瘦男人擦擦红肿的双眼,两道目光像两把锋利的匕首刺向张玲,让张玲感觉如芒刺在背。瘦男人冷冷地质问张玲:"教过课吗? 会教课吗? 没少跑关系吧?"一连串咄咄逼人的问话,让张玲感到很不自在,可她也不好发作,毕竟是自己夺了人家的饭碗呀!

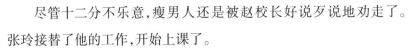

尽管十二分不乐意,瘦男人还是被赵校长好说歹说地劝走了。张玲接替了他的工作,开始上课了。

张玲以为自己高中毕业,教小学生识字,那还不易如反掌啊!也就没怎么准备。可一进课堂,却发觉不是那么回事了。几个生字,张玲翻来覆去捣鼓了一节课,孩子们还是没记住。放学的时候,瘦男人堵在张玲面前:"你怎么能不认真准备就去上课呢?这不是坑孩子们吗?你以为有关系就能胡来吗?"面对瘦男人连珠炮似的责问,张玲无言以对,只得撂下一句"狗拿耗子,多管闲事",逃也似的跑了。

有了瘦男人的刁难,张玲不敢大意了。可尽管做了充分的准备,第二节课还是出现了不少漏洞,弄得她满头大汗。当张玲忐忑不安地走出教室时,又被瘦男人给截住了,语气仍然冷得要结冰:"刚才读错了一个字,挑衅的衅应该读'xìn',不读'xù'。"张玲这才恍然大悟,怪不得刚才她发觉窗外有个人影在晃动呢,原来是他在教室外偷听自己讲课。"还有,"瘦男人接着说,"讲字词时不要直接告诉孩子们答案,要让他们自己去查字典,培养他们动手的能力……"

张玲皱着眉头,很不耐烦地听着。瘦男人丝毫也不在意张玲的反感,又讲了几条上课的注意事项,才住了嘴。

"您还真是个热心肠呢。"张玲的语气明显带着嘲讽。

瘦男人瞪了张玲一眼,黑着脸不声不响地转身走了。

真是个怪人,张玲想。不过想想他说的话却很有些道理。

瘦男人再次出现是在两天后。张玲正讲着课,忽听教室后面传来一个女人骂骂咧咧的咋呼声:"你怎么那么贱呀,人家都不让你干了还蹲在窗户底下干什么?快跟我到地里锄草去。"

"吼什么吼!不知道孩子们正上课呢?"

窗户外出现了瘦男人的身影,他满脸歉意地朝着张玲看看,便拽着女人匆匆忙忙地离开了。

下次上课,张玲两眼便不停地往窗户外瞟。谁知瘦男人不偷听了,竟直接闯进教室来。当时张玲正组织孩子们自习,瘦男人突然扛着锄头出现在了教室里,张玲顿时有点儿惊慌失措:"你……你要干什么?"瘦男人这才仿佛从梦游中突然醒来,他尴尬地苦笑一下:"对不起对不起,走顺腿了。"说完赶紧走了。

望着他远去的背影,张玲想这人是怎么了,不就一个破代课教师嘛,至于三天两头来纠缠吗? 要不就是他有点儿心理变态? 不行,得告诉赵校长去,让他出面管管。要不然,下次不定闹出什么更悬的事来呢。张玲打定了主意。一下课,她便急急忙忙往校长室走去。

校长室的门虚掩着,张玲刚想敲门进去,不想里面却传出了那瘦男人的说话声:"校长,俺偷偷听了这妮子的几节课,她知识面很广,还能虚心听取意见,确实比俺强。把这些孩子交给她,俺彻底放心了。今天来和你道个别,明天俺就去广州打工了……"

瘦男人,不,田老师,往下还说了些什么,张玲没听清。她只觉得忽然有一种很神圣的东西涌上了她的心头,使得她两眼都模糊了……

牛　哥

○阴玉军

牛哥牛气烘烘的,一般人不是他的对手。

随着私家车的增多,牛哥也放出风说一年内买车。先说买电动的,既经济又环保,还亲自到店里去看。第一次去,店主高兴地让他亲自开着体验了一番;又去,给他沏了杯茶;再去,店主就懒得理了。牛哥受了冷落,说电动车不能跑长途,一年还得换块电池,污染更厉害。又开始研究汽油车。快两年了,还没见他车的影子。就有人问他:"牛哥,车怎么还没买啊?"牛哥说:"不买了,没车库怕招贼。"问的人故意和他唱对台戏:"家属院有保安,没事。"牛哥不慌不忙地说:"即使没贼,孩子总有吧。买辆新车放那里,万一孩子把漆给蹭了怎么办?生气吧,他是孩子;不生气吧,还心疼。干脆等换了有车库的大房子再说。"问的人甘拜下风。

牛哥对付学生,更是小菜一碟。牛哥从来都是按成绩排座次,好的中间,差的两边和后边。有差生找他:"老师,我那么矮,为何把我安排后边啊?"牛哥十分体贴地说:"你成绩差点,前面的成绩好,和他们一起,只会增加你的自卑感。咱成绩差不要紧,起码心理得健康啊。"差生想想有理,走了。碰到死搅蛮缠的,牛哥也有一套:"你不同意,行,你来排,你能让全体同学都满意吗?不能?对啊,你都不能,我不是神仙,当然也不能了。"

牛哥最得意的还是他的学生,特别是那个已经当上地区劳动局一把手的董同学。牛哥言必称他,说自己当年如何如何关照他,他也不忘师恩,逢年过节还给自己送礼。

事有凑巧,有个同事的女儿大学毕业要参加劳动局的招工考试,便找牛哥帮忙。牛哥皱皱眉说:"不好办啊,这个学生办事很认真的。"同事说正因为不好办才找你啊。牛哥便答应试试。

第二天,两人来到了地区劳动局。门卫问他们干什么的。牛哥说找董局长。门卫问预约了吗,牛哥说没有。门卫说董局长在开会,没时间。牛哥说你告诉他我姓牛,叫牛强,是他高中时的班主任。门卫便用内部电话打了进去,放下电话却说董局长出差了。牛哥说你刚才不是说在开会么,门卫说对不起我把他出差的事忘了。同事不死心,让牛哥给董局长打个手机问问,牛哥红着脸说没他的号。

没办法,两人只得无功而返。回到县城已经12点半了,同事便请牛哥吃饭。两人走进一家饭店,要了几个菜,正喝酒呢,一个西装革履的男子站到了牛哥跟前:"你是牛老师吧?"牛哥点点头,望望男子,却不认识。男子说:"牛老师可能把我忘了,我是你的学生张波,同学都喊我张三皮。"一说外号,牛哥想起来了,是教过一个叫张波的学生,有名的捣蛋鬼,当年没少和他抬杠。"你现在干吗呢?"牛哥问。张波叹了口气:"当初没听你的话,没好好学,现在开个饭店混饭吃。""这饭店是你的?"牛哥问。张波点点头:"老师尽管吃,相中什么点什么,今天我请客。"结账的时候,张波果然死活不让他们付钱:"干吗啊,看不起我?虽说没考上学,老师情意我可忘不了。"话说到这份上,两人也不好再坚持。

牛哥从此很少再夸耀他的学生。

没多久,又到了换座次的时候。这次牛哥竟打破常规,按高矮个排了。学生都很奇怪,好的颇感冷落,差的受宠若惊。如此大眼瞪小眼,看外星人似的望牛哥。

"看什么看?不就应当这样吗?"牛哥一副少有的理直气壮。

苏保安

○ 阴玉军

　　苏保安大名苏长河,是个退伍兵。他不愧出身行伍,做什么事儿都一板一眼,责任心比我们这些半路出家的保安强多了。可也是这认真劲儿害了他。

　　我们在一所职业学校当保安。大伙儿也知道,现在的孩子不好管,职业学校的孩子尤其难管。对于学校制定的许多规章制度,我们只能睁一只眼闭一只眼。比如学校规定,住校生不允许随便出入校门,有事须持班主任签字的假条。规定已公布很久了,可住校生依然络绎不绝地出入。学校领导不问,我们也懒得管。可苏保安偏偏认真。

　　那天正好苏保安值班,有个高个子男生没有假条要出校门。苏保安不让,高个子男生硬闯,嘴里还骂骂咧咧的。苏保安火了,拽着他就是不让出校门,最后演变成了两人的"肢体摩擦"。

　　高个子男生的家长知道后不依了,硬说苏保安打伤了他们的孩子,又是到医院检查又是找电视台曝光。学校领导害怕了,只得花钱消灾。安抚下家长,学校又处理苏保安。尽管大伙儿都为苏保安打抱不平,可学校还是辞退了他。苏保安什么也没说,背着背包默默地走了。

过了十多天,苏保安给我们打来了电话,邀我们去喝酒,说他在银行干保安呢。我们听了,都为他感到高兴,便约定时间扛着啤酒去找他。

我们在苏保安宽敞的宿舍里喝得正酣,忽然一个粗壮的汉子闯进来对着苏保安劈头盖脸地喊起来:"上午是你值班吗？怎么把省行领导的车都给挡外边了？真是乱弹琴。"

苏保安赶紧站起来,嗫嚅道:"你不是说银行重地,任何车辆不准随便出入吗?"

"那是对普通人说的,省行领导例外。真是个死脑筋。"粗壮汉子发完火,怒气冲冲地走了。

"他是我们保卫科科长。"苏保安有点尴尬地给我们介绍。

保卫科长插这一杠子,弄得大伙儿没心情喝酒了,匆匆向苏保安告辞。

此后很长一段时间没有和苏保安联系。我们也曾打电话邀他来学校喝酒,他都以工作太忙为借口推辞了。

有一天,苏保安突然给我打来了电话:"老哥,你们都还好吗?"

"好,好,你好吗?"

"我……还行。"苏保安吞吞吐吐地说。

我发觉苏保安的声音不大对劲儿,便问他:"兄弟,你是不是有什么事儿啊?"

"也……没有什么……大事。"

在我再三追问下,苏保安才说了实话,他正住院呢,让我们先借给他点儿钱支付医药费。

大伙儿一听,纷纷解囊,派我和张保安到医院去看望苏保安。

原来,一周前他上班走到银行前面的停车场时,正好碰到两个歹徒要抢一位老板的钱。他挺身而出,老板的钱虽然保住了,他却被送进了医院。现在医疗费不够用了，就想到我们几位哥们儿了。

"好事儿，英雄啊！"我一听便说，"咋不让媒体报道报道呢？起码也得弄个见义勇为奖什么的。"

苏保安却红了脸："我不想太张扬，你知道那些歹徒会报复的。"

"你们单位呢？单位应该帮你付医疗费啊。"一旁的张保安随即又问。

苏保安说："单位也有单位的难处，何况我又是临时工。"

我们一听，也不好再说什么，把凑的钱给了他。苏保安千恩万谢，表示一定尽快还清。

出了医院，我和张保安却觉得这事儿银行不拿钱怎么也说不过去，便顺路拐进了银行，替苏保安打抱不平。银行的领导听说了我们的来意，竟比我们还气愤："见义勇为？别听他胡说了。那是我们精心安排的一场抢劫演习，省里领导和多家媒体都来了，谁知却被他这个愣头青给搅黄了。"

"演习？那你们怎么不告诉保安呢？"我疑惑地问。

"告诉了，我们通知了银行的每一位工作人员，所以扮演劫匪的两位同志见半路杀出个程咬金，以为是故意捣乱的呢，就狠狠教训了他一顿。"

"那苏保安他怎么……没接到通知呢？"我仍然迷惑。

"他啊，早被我们解雇了。那天他来单位收拾铺盖，碰巧赶上……"

陆逊举贤

○吕啸天

黄武元年三月，吴国亭关守将韩当染上风寒，调治月余未愈，急报吴侯孙权派贤才替任。

亭关是吴国的重要关隘，倚仗天然的险要地形，易守难攻，其是通往江东的咽喉之地，亦是吴国守护城域的天然屏障。

挑选合适的守将事关重大，孙权细思两日，传令派将军徐盛前去接替。

徐盛接到调令连忙入宫面见吴侯，诚惶诚恐地说："皇上如此信任下臣，盛当肝脑涂地以报皇上的知遇之恩，只是戍边守关这等重任不能感情用事。下臣自忖武不及韩当老将，文不及辅国将军陆逊的一半才华，细想实难担当此任，为不辱使命，臣叩请皇上另派合适人选！"

孙权见徐盛所言入情入理，于是收回调令，与群臣商议人选问题，但商讨两日，却没有拿到主意。边陲告急，不能再拖。孙权下令传镇守荆州的辅国将军陆逊速到都城建成议事。

陆逊一来到都城，马不停蹄入宫面见吴侯。陆逊迫不及待地说："逊以为镇守亭关的合适人选非中郎将岳恒莫属！"

孙权闻言，脸色大变说："将军怎会推荐此人？他可是将军的仇人啊!"

中郎将岳恒原为魏国丞相曹操部下。此人英勇善战,足智多谋,曾在战场上屡败吴军。三年前,陆逊官拜吴国大都督,岳恒为挫其锐气,率一千精兵偷袭陆逊故里吴县。

其时陆逊的家人俱在吴县。陆逊的父亲陆骏已年过六旬,喜欢故里的居住环境,从九江都尉之职引退之后回到故里安度晚年。与陆骏同住在一起的是陆逊的儿子陆范。时年十六岁的陆范喜兵法,于是在家中苦读兵书,陆府上上下下共有百余人。

得到确切消息的岳恒大喜,下令包围陆府,务必活捉陆骏、陆范,以此作为要挟陆逊的筹码。一千精兵将陆府团团围住之后,岳恒令三百精兵从正门冲进去捉人。

三百精兵打开大门往前直冲,冷不防密集的利箭向他们射杀过来,冲在前面的一百多名士兵被乱箭当场射死! 其余曹兵见状,大惊失色,连忙后退。

岳恒暗暗大惊:莫非侦探的军情有假,陆府之内已有伏兵?

为一探虚实,他亲自带兵再次往里冲,刚进大门,猛然之间只见数十匹马向门口直冲过来。岳恒见这些马匹来势甚凶,连忙后退,但已有躲闪不及的士兵被马撞倒在地,被践踏而身亡。

"放箭!"岳恒大怒,士兵乱箭将马射死,岳恒再令围在陆府门外的士兵从四面破墙而入。陆府被搜了一个遍,共有五十名上了年纪的仆人被抓获。审问仆人,才知道陆范喜兵法,于是把青年男仆人做兵士打扮,或教他们一些作战之法,或分成两队人马演练。魏兵冲进来遭到乱箭射杀,正是陆范指挥的。见敌军兵众,陆范无力抵挡,于是,令青年男仆人随他从通往后山的暗道护送爷爷陆骏突围。让上了年纪的仆人留在府中,陆范认为曹兵对这些手无寸铁而又上了年纪的老仆人会网开一面。

岳恒见自己动用一千精兵却打了一场没有战果的仗，非常生气，于是传令把五十名老仆人全部杀死！

陆逊得到消息，异常悲愤，面江而誓：一定要亲手杀了岳恒，替这些冤死的仆人复仇！

陆逊派人前往许昌，散布将军岳恒拥兵自重的消息，曹操生性多疑，派人暗中前往岳恒军中打探情况。

岳恒心惊，竟起了叛心。孙权获知此事，爱惜岳恒之才，派人去岳恒营中联络。岳恒有心降吴，但又担心大都督陆逊杀他。

孙权对陆逊说："今天下纷争，正是用人之际。岳恒与将军虽然有隙，但为天下计，将军应抛弃个人恩怨。"

陆逊无奈，只有应承。而孙权却万万也料不到，这次镇守关隘，陆逊竟举荐岳恒担当重任。

陆逊叹了一口气说："岳恒与下臣确有私仇，但皇上只问何人可担重任，而不是问何人与下臣有私仇。下臣认为岳恒勇武而有计谋，才华不在韩当老将军之下。他定能胜任戍边重任。"

孙权大喜，依陆逊之言派岳恒前往亭关。其时，韩当将军已病逝。岳恒赴任后，修筑工事，增设布防，亭关固若金汤。

孙权称赞说："辅国将军慧眼识英才。"

但好景不长，岳恒赴任的第八个月，身上的旧伤复发，几日后医治无效而亡。

孙权再召陆逊入宫问计："岳恒之后，谁人可接替？"

"陆范！"陆逊说。

孙权脸色大变说："陆范，不是将军之子吗？"

陆逊说："皇上只问谁人可以镇守亭关，并没有问陆范是不是下臣的儿子。"

孙权叹了一口气说："岳将军临死之际，也向朕推荐了一人。"

陆逊甚有兴趣地问："推荐何人？"

孙权说："正是将军之子陆范！"

三顾茗溪

○吕啸天

　　湖州太守杜鸣风在师爷杜贵的陪同下来到茗溪草庐时,已是正午时分。这是唐上元二年暮春时节。

　　草庐的主人名陆羽,复州竟陵郡人。陆羽是个弃儿,两岁遭遗弃,竟陵郡笼盖寺和尚积公大师收养了他。积公大师是位饱学之士,性嗜茶。陆羽跟积公大师学采茶煮茶品茗之道。25岁时,陆羽从竟陵来到湖州,在茗溪河畔结庐。陆羽足不出户,每日品茗著书,撰写《茶经》。日子过得云淡风轻,却也别有一番韵味。

　　太守杜鸣风突然造访,令陆羽颇感意外。他让茶童把两位客人带进了建在溪畔的草庐——品茗亭。草庐依山傍水,四周种满了茶树。正是草长莺飞的季节,绿茶茵茵,小溪流水,一片生机盎然。品茗亭旁边挖有两口深井,井旁种有几棵柳树。亭中则立有两碑。右边碑上刻着《送陆鸿渐栖霞寺采茶》一诗:采茶非采菉,远远上层崖。布叶春风暖,盈筐白日斜。旧知山寺路,时宿野人家。借问王孙草,何时泛碗花。此诗为诗人皇甫冉所撰,湖州刺史颜真卿所书。左边的石碑则刻着陆羽手书的八个字:品茗之道,精行俭德。

　　"清雅宁静,真好景致!"杜鸣风称赞道。

　　杜贵对陆羽说:"陆先生茶艺独步天下,杜太守是慕名而来品茗的。"

"茶人以结交天下茶友为人生之乐事!"陆羽闻言侃侃而谈,"杜大人有此雅兴,陆某倍感高兴!"

言毕,陆羽吩咐茶童带杜鸣风去更衣沐浴。

杜鸣风惊愕道:"品茗,需如此郑重吗?"

"正是!"陆羽一面认真道,"此乃品茗的首要环节。更衣沐浴,洗去尘埃,荡涤烦嚣,才能品出香茗之纯美。"

"来时匆匆,也未想到这一层,杜大人没带更换的衣服。"杜贵有些着急,"陆先生您看是否将就一回?"

陆羽正色道:"陆某视茶事为天下第一事。品茗素来不敢马虎。不论将相布衣,前来寒舍品茗,陆某都以茶礼相待,断不敢乱一道环节。"

杜鸣风有些尴尬,说:"陆先生品茗之道不同凡响。既然如此,杜某改日再到苕溪品茗。"

次年仲夏时节,杜鸣风二顾苕溪。连日来,政务如山,分身乏术,他被弄得焦头烂额。进入草庐,来不及寒暄,杜贵就催促道:"杜大人公务缠身,不能久留,敬请陆先生能快些煮茶。"

陆羽闻言拦住了正要前去更衣沐浴的杜鸣风:"闲情逸致,静中求雅乃是茶人推崇的茶道。大人如此急躁,怎会有心情品茗。杜大人,不如改日再来?"

杜贵闻言,有些生气道:"陆先生,杜大人二顾苕溪,很不容易,你就不能破例?"

陆羽傲然道:"此例断不可破!"

杜鸣风苦笑一声说:"既如此,杜某就来个三顾苕溪!"

杜鸣风三顾苕溪已是五年后的事了。其时,"安史之乱"已得到平定。堆积如山的政务已处理得日渐少了。一个桂落人闲的秋夜,他独自走进了陆羽的草庐。

陆羽在品茗亭上煮茶。他取出珍藏于地窖中的梅上积雪,融化后放入铜壶中用文火煮开,再取出湖州名茶顾渚紫笋,用雪水沏上,正好两杯。月色溶溶,茗香四溢。茶童焚香,弹起了古筝。陆羽微笑着对杜鸣风说:"大人,请慢慢品味!"

杜鸣风端起茶杯,顿觉茶香阵阵,精神陡振。他轻抿一口,淡苦之后,满口生香,甜冽可人,不禁连声称道:"好茶!"

"杜大人今日来的最是时候!"陆羽端起香茗喝了一口,饶有兴趣地说,"清风、松吟、竹韵、梅开、雪霁,此乃品茗之佳境。今夜,秋月浩浩,心际清朗,可谓杯茗万里路。"

笑谈间,杜鸣风喝完了那杯茶。他想让陆羽给他再沏上一杯。陆羽似乎看透了他的心思,却道:"杜大人,品茗一杯为量!"

杜鸣风有些失望亦有些不满:我七年间三顾茗溪,只喝到一杯茶,陆羽竟如此吝啬。但是,碍于情面,他不敢发作。于是,他冷着脸告辞。

杜鸣风走了一段路,有些热意,刚喝下的茗茶开始回涌,满口生津,余香回味无穷,人亦觉得精神。此刻,他方解陆羽"一杯为量"的含义,不禁暗暗自责:我真错怪了陆羽。

回到太守府,恰逢刺史颜真卿夜访。杜鸣风知道颜真卿与陆羽是至交。杜鸣风称赞说:"陆羽乃天下奇才,应为朝廷效力!"于是,上了一表,力荐任用陆羽为官。代宗下诏任用陆羽为太子文学。太监前来宣旨,却发现陆羽不见了。原来,颜真卿把这一消息提早告诉了陆羽。

陆羽说:"我志在茶事,岂是为官之人?"他连夜躲藏到茗溪后山的居崖岭上,数月后,复归平静,陆羽重返草庐,继续撰写《茶经》。

躲　五

○刘正权

　　尹小妹在五月初五这天起了个大早,在黑王寨起这么早的孩子不多见,不是黑王寨的孩子有多懒,而是孩子们都在学校里住着读书,不到放假不会回来。

　　难得端午节成了国家法定假日,但孩子们都还在梦乡里呢。尹小妹起得早是因为尹小妹这个星期请了病假,都在家待得发了霉。都是叫那个疥疮给惹的,尹小妹为这事气得不行,就是得个别的病也行啊!尹小妹虽说才念小学二年级,可门门功课都占第一的,第一个得疥疮可不是她想要的。

　　尹小妹自然觉得委屈了,她可是最爱干净的孩子呢,都怪学校条件差,那么多孩子挤一屋,不长疥疮才怪呢!

　　难得在家过个端午,尹小妹觉得这总算是不幸中的万幸。

　　割了艾蒿回来,尹小妹就搬了凳子出来,垫在脚下,探着双手往门楣上插艾蒿,听奶奶说,五月端午这天插的艾蒿,以后煮水洗澡,身上可以不痒的。

　　这疥疮可让她痒得难受呢!

　　插完艾蒿,尹小妹就去奶奶床上抽丝线,奶奶床头拴了各种颜色的丝线,据说用处大着呢!比如说今天吧,往年的今天,奶奶会给尹小妹手腕上系五彩的丝线来躲避妖怪,奶奶嘴里所谓的妖怪,不过是蛇、蜈蚣、蝎子、蜘蛛、黄蜂等五毒之流,老辈人传下来的习俗,系了五彩丝线,五毒就不敢近身了。所以端午节在黑王寨,又叫躲五,去年端午节,尹小妹是在学校过的,奶奶没给系上五彩丝线,结果,巧不巧?尹小妹就得了疥疮。

尹小妹今儿就自个儿来挑丝线了,别看尹小妹才八岁,可已经晓得爱美了,奶奶老眼昏花,哪次不是挑的黑线白线多,红的黄的紫的才几根,根本没点儿五彩的意思。

奶奶在厨房里包粽子,尹小妹就先抽红的,再抽黄的,红配黄喜洋洋!又挑了绿的,最后扳着指头算了算,才象征性地挑了两根黑线和白线,奶奶说了,戴了五彩丝线的孩子,未满十二岁的,心肠好的,可以看见金环五爷呢!

金环五爷,那可是传说中的神仙呢,听说谁要被金环五爷摸了头,能一辈子无病无灾呢。

尹小妹就低了头,编五彩线,想象金环五爷的模样。

奶奶粽子没包到一半呢,爹和娘从寨下卖了黄鳝回来了,今天是端午节,黄鳝一下寨子就被贩子抢购一空了。

爹娘很开心,数着票子冲奶奶说,妈,别包了,难得小妹在家,我们一起到街上过端午吧!

奶奶说行啊,就怕小妹吹不得风!

爹说,哪那么娇贵啊,小妹是长疥疮,又不是出风疹!

小妹一听去赶集,当然高兴,小妹说行啊,我早就想上街了呢,编完五彩线我们就走!

娘笑小妹说,人家街上人不兴戴五彩丝线的!小妹不信,说那他们街上人咋兴过端午呢?

娘没话了,娘说你麻利点儿,我们得赶在太阳出来前下寨子,待会儿太阳一出来,能热死个人呢!

尹小妹说行,你们先带着奶奶下去吧,反正摩托车一趟也坐不下四个人!

爹娘想想也是,就换衣服,一连声催奶奶快点儿快点儿。日头那会儿已经在往山尖上爬了呢!

爹一溜烟下了寨子,等他又一溜烟爬上寨子时,门口却没了尹小妹的人影。

去哪儿了?爹正四处张望着呢,尹小妹回来了,后边还跟着一个人,是五爷!

尹小妹手上缠着五彩丝线,五爷手上也缠着五彩丝线,爹说,小妹你做啥呢?尹小妹晃晃手腕说,请五爷出来躲五啊!

爹生气了,说五爷又不是小孩子,躲什么五?

尹小妹嘴一嘟,你们平时不都说五爷是老小孩吗?老小孩不也是小孩,不也得躲五啊!

爹就没话了。尹小妹患疥疮,还是五爷把家里藏了三年的艾蒿拿出来给尹小妹烧水洗的澡呢!五爷是个老光棍,往年都在他家过端午的!

听奶奶说两家祖上同宗呢!

爹就红了脸,说实话,这次下寨子过端午是媳妇的主意,媳妇说过个端午,老搅和一个外人,像啥话呢?尤其今年,五爷得了支气管炎,动不动就咳上一嗓子,很让媳妇不舒服。

爹带了五爷和小妹往寨下骑,太阳这会儿已经升起来了,老远,奶奶和娘就看见小妹了,在小妹身后,金红的晨雾从云中一层层透下来,落在一个老人的头顶上,一抖一抖的,现出一道道光环来。

金环五爷!娘忍不住叫了一声。

奶奶没叫，奶奶手搭凉棚望过去，自言自语地说，也就碰上小妹这好心肠的娃儿，金环五爷才肯现身的!

清明带雪

○刘正权

清明带雪,谷雨带霜!

世新早上起床时,见天色有点晦暗,就回过头冲媳妇说,该不是要下雪了吧!快起来!

媳妇是新娶到黑王寨的,揉了揉眼说,都二月尾了,还下雪?说胡话吧你!

胡话?三月还下桃花雪呢,那一年,雪粒将桃花全打落了,你是没见过,漫天的白里裹着漫天的红,天地都成水红色了!世新眼望着窗户,窗帘是水红色的,眼下天一暗,成暗红色了,媳妇兴奋起来,真有那景致吗,你们黑王寨?

世新不高兴了,啥叫你们黑王寨,眼下你嫁给我了,就该说我们黑王寨,不然叫爹听见了,多生分!

瞧瞧,一句话而已,搞得多大事儿似的,你爹你爹,当我没爹啊!媳妇话音没落,爹的咳嗽声就在堂屋里响起来,爹说,世新你赶紧点,天要落雪了,下山去买几刀纸!

买纸做啥?媳妇小声嘀咕着问世新。

这不是清明节要到了吗?世新边穿衣服边说,买纸做清明吊子,上坟用啊!

可我听说上清明前十天不为早,后十天不为迟啊,非得瞅个阴天去买纸?媳妇也想赶集,但她不喜欢阴天去赶集,天阴,心就开朗不起来。

世新怔了一下,冲外面说,爹,要不改天吧,天落雪时不能上清明的!

要落也只能落雨,书上说过,清明时节雨纷纷!爹说完这句话后咳嗽声像被掐断了似的,一下子没了。

世新被媳妇又拽回被窝,春困秋乏呢,眼下正好睡回笼觉!媳妇拽世新时还俏皮地学了一句黑王寨老话,回笼觉,二房妻,这可是你们男人八百年遇不着的美事!世新就美美地啃了媳妇一口,笑,你说的啊,将来我找了二房妻你不许生气!

就你那药罐子爹供家里,还二房妻,等下辈子吧!媳妇奚落了一句,两人就缩进被窝里了。

太阳升到半天云时,世新憋不住尿了才起的床,四处一看,院子里居然没了爹的身影。

莫不是爹下山赶集去了?世新往爹房里探了探头,果然爹的黄挎包没了,爹出门喜欢背个黄挎包,这是早年当民办教师时的习惯。

爹的习惯一堆一堆的,都被咳嗽给淹没了,就剩下最后一点之乎者也的书生意气没被淹没,可惜,没人喜欢他这显山露水的之乎者也习气,包括世新,他唯一的儿子。

爹是正午时分赶回来的,天开了一些,还是有云,爹回来了也不说话,开始裁纸,黄的紫的白的三种颜色,白色居多,爹喜欢自己做清明吊子。世新皱了皱眉头,说,买一个,又简单又好看,费那功夫值吗?

爹慢条斯理地裁着纸,这不是值不值的问题,这是对祖宗的一份心!

世新撇撇嘴,祖宗远在另一个世界,能看见?

爹不裁纸了，停下手，拿眼剜了一下世新，说祖宗虽远，祭祀不可不诚，你没听说过？

世新不撇嘴了，他知道再说下去，爹会骂他听妇言，乖骨肉，不是丈夫！

见世新低下头，爹又专心做他的事，做完吊子，还得包福钱，郑重其事地把香和烛都用托盘装了，敬祖宗嘛就得有敬的样子。

完了，爹冲世新努努嘴，说走吧！

世新冲自己房子里望了一眼，说，要不要带上她？

爹迟疑了一下，你不是说她有了吗？怀孕的女人是不能磕头敬祖宗的！

这讲究，世新知道，世新犹豫了一下，想张口，没张开，就随了爹去北坡崖。

北坡崖上的坟多，像黑王寨多出的一个村落，世新的爷爷奶奶和娘都埋在崖上面的麦田中，活着是一家人，死了还是一家人，多少有个照应！黑王寨人一向这么以为的。

爹把步子迈得很谨慎，世新则大大咧咧把脚伸进麦田，爹忽然火了，爹说，昆虫草木，犹不可伤，亏你还上过高中！

世新脚趔趄了一下，爹今天说话有点伤人哪，咋的啦？

到了坟前，爹开始把托盘里的东西一份一份分匀，爷爷奶奶那两份，爹不让世新插手，爹说上辈不管下辈人，爷爷奶奶是我的事，你只把你娘给侍候好了就行。

世新不会侍候，就看爹。

爹折了一根枝条插坟上，把彩纸剪成的吊子挂上去，有风吹过，纸条哗哗作响。爹跪下来，撑开衣裳挡风，点火纸，烧福钱和香，看一页页火纸化成灰蝴蝶飞上半空，爹就响了鞭，一地红的白的碎纸屑漫上坟头。爹虔诚地跪下磕头，一个，又一个，再一个，很庄重。

完了爹坐在爷爷和奶奶坟中间,慢条斯理点燃一根烟。

世新问,就这么着?

爹说,不这么着能怎么着?

世新就过去,给娘上坟,挂清明吊子,响鞭磕头。

磕完了,回头看爹,爷爷奶奶坟头的白纸吊子一张张舞开,把爹的头裹得平平实实的,只见白,那白压得世新喘不过气来,自打娘过世后,爹明显老了呢!

世新忽然想和爹说几句话,世新走过去,挨着爹坐下。世新说,爹你告诉我,清明为啥叫清明,不叫别的节呢?

爹把头上飞过来的白纸条掀开,说,不浊为清,不迷为明,谓之清明!清明是一条纽带呢,老祖宗通过这种方式告诉我们,人活着,最重要的是要不浊不迷,做什么事,祖宗都在另一个世界里看着呢!

世新不敢抬头望娘的坟了,娘一定望着他呢,他咋那么浊那么迷呢?为哄媳妇开心竟跟爹撒谎说媳妇怀了孕,真的愧对娘于泥土间对自己透出的无处不在的关询啊!

这么一愣神的工夫,雪忽然就落了,很轻很轻的雪花竟把世新的心砸得很疼很疼!

归 家 仓

○刘正权

　　归家仓是黑王寨人对八月十五的另一种叫法。只是这种叫法老辈人嘴里出现的频率要高些,年轻人还是习惯叫中秋节。毕竟是正名,如同一个孩子,取个诨名也不是不行,但成了家立了业,就得规规矩矩叫大号了,显得尊重人不是。

　　在这点儿上恰好相反,黑王寨人成了家立了业后倒把归家仓放在了头里。按老辈人传下来的讲究,八月十五以前,地里的庄稼,树上的水果,园里的蔬菜,都得归到家里入了仓库。

　　人都晓得要团圆,庄稼不也得团圆一回了? 当然,这时归家仓只是一个形式,象征性地每样收一些回来。把半生不熟的庄稼收回来,老祖宗不敲扁你的头才怪,败家的行为呢,这叫作!

　　黑王寨最不败家的女人是小满,打从过了八月初十,小满就开始到北坡崖巡查,很有成就感的巡查。

　　小满的成就感建立在她的勤劳上,男人东志出门打工了,地里家里就她一人扛着,爹过世了,娘瘫在床上,日子就显出了难,不然东志也不会出门打工。

　　娘瘫归瘫,却要强,娘这会儿就冲巡查回来的小满发了话,说,小满,今儿初十了吧?

小满说,是初十了,我这就到店里给您买月饼吃!小满以为娘想吃月饼了,也是的,娘瘫得脸上没了血色,过了这个中秋恐怕就没下个中秋了。

这么想着,小满就抬头望了一眼院子里的柿树,一片柿叶在风中挣扎了几下,像时光叹了口气似的,那叶子就惶惶地飘落下来了。

娘也叹气,娘说花那冤枉钱干啥,我吃了月饼就算过中秋啊,我是问东志有信没。

小满摇摇头,她知道东志的脾气,早先两人在一个厂里打工时,从来就没年啊节的概念,他脑子里除了挣钱还是挣钱,能加的班从不放过。

娘就有点儿不高兴了,猫儿狗的都晓得要归屋的,他个当爹的人了,咋不晓得归家仓呢!

小满说那娘您先躺会儿,我把树上的柿子给下了,拿到集上可以卖好价的!

别!娘一下子急了,摘不得的!

小满说咋摘不得,都八成熟了,用温水一浸,红灯笼似的,好卖呢!

娘说小满你咋不晓事呢,

小满说我咋不晓事呢,这不归家仓吗?

娘说别的先归,这个等东志回了归!

小满说东志只怕回不来呢,跑来跑去要路费!

娘好端端的突然火了,娘说,挣钱为什么,不就为一家团圆过幸福日子,眼下团圆日子到了,两边扯着算个啥?

小满嘟囔了一声,您儿子啥脾气您不知道啊!

娘就不说话了,躺那儿呼哧呼哧喘气,反正,那柿子你等东志回来了下,我准保他八月十五一准回来归家仓。小满不吭声了,出门,望望满树的柿子,柿子又大又圆,黄皮上已开始显红了,等不到十五,准像一串串红灯笼挂在树上。

挂就挂吧!

小满有的是活路,小满就又上了北坡崖,黄豆该收了呢!

以往收黄豆,都是东志和小满一起,有说有笑的,那活路就显得轻。干累了,俩人站崖顶上朝自己屋里望,一树红柿子就招招摇摇挂着,小满常说,嘴馋了就回去摘了吃啊!

东志往往就拦了她的话头,别,留着给归家的人照路呢!

照路是黑王寨的说法,黑王寨人出门,喜欢选月头月缺为离家日,选月中月圆为团圆日,又大又红的柿子就是给归家人指路的红灯笼呢!

只是今年,小满叹口气,东志只晓得给别人照路,咋没想到自己家里也有条路照着等他回来呢。

晚上,娘再问小满,东志还没信?

小满点点头,一口一口喂娘饭。

娘那天精神头很好,吃完了又添了一碗,一般娘都吃得少,人瘫着,吃多了屙啊什么的不方便,娘就忍了口。

娘吃饱了,似乎很满意,还要小满替她摘了一个柿子。完了娘冲小满说,放心,东志十五那天准能归家仓的,我拿灯笼引路呢!

小满心说,娘的脑子躺出毛病了,归家仓,几千里外说归就归啊!把个柿子真当灯笼了。

第二天,小满扫完院子里的落叶,进屋去喊娘,一喊娘不应,两喊娘还是不应,三喊小满就带了哭声,娘手里的柿子啃了一半,人却奄奄一息了。只是手里还死死攥着那咬了一半的红柿子,那柿子才八成熟,涩得能让人喘不过气,娘的病是沾不得这东西的!

小满忽然明白娘昨晚的话了,娘是拿自己当灯笼了。

东志接到小满电话动的身,东志紧赶慢赶,在十五那天傍黑回到

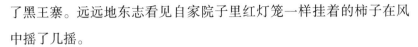

了黑王寨。远远地东志看见自家院子里红灯笼一样挂着的柿子在风中摇了几摇。

啪！就在他推开屋门的同时，树顶上最向阳的那颗柿子掉了下来。

东志刚要弯腰捡，蓦地，从里屋娘床边传来小满的一声长嚎，娘啊，你咋把给东志引路的灯笼给丢了啊！

东志双膝一软，扑进里屋，半个红红的柿子正好滚到他的脚下。

归家仓呢，今天！东志耳边响起每年这个时辰娘最爱说的一句话来！

八 爷

○杨 景

　　我印象中的八爷是一个朴实、能干、本分的农村老人，像《朝阳沟》里"银环的公公"。

　　小时候我很喜欢到处串门，我到邻居家里，他们都对我很好，大概是因为我的身体不好，大人们都特别地怜爱和疼惜我吧。

　　我最喜欢到八爷家，因为八爷家里有几个年龄相仿的堂姐妹可以一起玩。他们家里养了一只大狸猫，我还可以逗它玩。在八爷家就像自己家，他也待我像自家孙女。早年，八爷家里种着一棵枣树，每到秋天枣子成熟时，我们小孩儿就可以一饱口福。有一年春天，枣树正开花的时候，下了几天的雨，枣花被雨水打落了一地，八爷看着满地枣花心疼地说：可惜了。果真到秋天，树上的枣子寥寥无几。我想今年的枣子没我的份儿了，打枣子的那几天我都待在家里。过了几天我又到他家里玩，正和姐妹们玩得开心时，八爷走到我身旁，把我带到一旁，神秘地从衣兜里掏出一把又大又红的枣子来，装到我的包包里，然后说：打枣子时你不在，这些是特意留给你的，别嫌少。看到那些枣子时，我心里感到无比的幸福。

　　这两年爸爸把我接城里住，节假日才回老家一趟，住几天就得回去，所以就不常串门了。这次回老家，奶奶跟我说八爷得了胃癌。

"咱们去看看他吧！见一次少一次了。"听了奶奶的话，我觉得很突然，因为我知道八爷向来身体都很健康，况且他的岁数才六十多。到了他家大门口，我忽然担心会控制不住自己的感情哭出来，那就不好了。我停下脚步对奶奶说："我不进去了。"于是转身走了。奶奶回来问我怎么回事，说八爷还问到我。又说他的病情不好，怕是过不了夏天了。我说，这件事一下子接受不了，等过几天再去。

三天后，吃过早饭，拿着从城里带回来的一箱酸奶，我们又去了。走进院子，里面静悄悄的像没人似的。到了屋里，我看到八爷微闭着双眼坐在小床上，身上穿着短袖短裤，因为瘦，短袖短裤显得宽松。八爷面色苍白，是没有血色的苍白。八奶坐在小床边出神儿，我们走近时她才缓过神儿，招呼我们。八爷的眼睛缓缓睁开。他看到我时，神情略微惊喜，问我是什么时候回来的，回来住几天……我一一回答。听到他有气无力的声音，看到他瘦得皮包骨的身体，还有那无助又无奈的眼神，我的心在痛，鼻子发酸，眼泪在眼眶里打转。我对自己说不能难过，这对病人不好，可是我不知道该说什么。于是我拿出一盒酸奶来，准备喂他，被一旁的八奶上前阻止，理由是刚输过液不能吃东西。我只好转过脸听奶奶和八奶说话。奶奶小声问："最近几天他的病情怎么样？"八奶无奈地回答："算稳定。你们来时输液针刚拔掉。过一天是一天。"我看到八奶的眼里闪着泪花。奶奶说："你也要照顾好身体，别累坏了。让孩子们也操点心。"我注意到八奶很瘦，但精神头儿还可以。八奶勉强笑笑说："我的身体还好。早上他们都来了，屋里人多都围在这儿对他不好。何况快收麦子了，白天孩子们地里忙活，晚上他们轮流来陪夜。"……我有一搭没一搭地听她们聊着天，看屋外春光明媚，满院子的树生机勃勃，我却像坐在寒冬腊月，心里感到冷。

时间过得真快，已是晌午，奶奶说："我们该回家做饭了。"八爷的神情是想留我，却没说出口。我来到他的床边说："过两天再来看您。"到了院里我又跑进屋里，调皮地说了声"爷爷再见"。我看到八爷朝我点点头，会心地笑笑。

两天后，八爷去世了。我总想八爷最后瘦弱的身体和他生前给我的丰盈的暖意。

心　愿

〇杨　景

　　星期六下午,杨丽是在去买巧克力的路上碰到李天的。他在甜品屋前面的树下站着,像是在等什么人。杨丽一眼看到那张英俊的脸,是在梦里曾经出现过的脸,"李天"这个名字在她的脑海里立刻浮现出来。杨丽觉得心跳瞬间加快了许多。但她不确定他就是李天,因为他们有五六年没见面了,杨丽稍稍稳定了一下情绪,然后朝那边喊了声:

　　"李天——"

　　"谁叫我?"他朝杨丽那儿看了看。杨丽激动地说:"真的是你,李天。"她的声音能听得出来有点颤。李天茫然地看看她,明显是没认出她来。她没有失望,用右手拢了拢头发,眼睛望着他说:"我们是高中同学,方老师教的,真的认不出我吗? 杨丽!"李天似乎还没想起她来。但是他不想让她失望或下不来台,礼貌性地向她点了点头,淡淡地说:"杨丽,你好。"

　　杨丽心里凉凉的不是味儿。想不到自己魂牵梦绕的李天竟然对她没有半点印象,她的眼泪在眼眶里打转,心里说要忍着。这时她身边经过一个小男孩儿,手里拿着一块巧克力正往嘴里送。她看到这一幕,心里想起了念高中时,一个悄悄走进了她心里的男孩儿。

当时她十五六岁,正是少女怀春的年龄,但是自己相貌平平,在班上的成绩中等,加之性格内向。男孩儿那时人长得帅,又是班上的尖子生。一下课,许多漂亮女生都爱围在他的身边,而只有她在默默地望着他,却不肯靠近他,唯一的表示是每天在他的书桌里偷偷放上半块巧克力。她从小就贫血,父母为了给她加强营养,总是在她书包里放一块"心愿牌"巧克力。为了不辜负父母的爱,她只能分一半给他,从"心愿"处切开,把有"心"字的给他。

"喂!在想什么?"李天迷茫地看着她,杨丽缓过神儿对李天说了声:"等我。"就进了甜品屋。

她还没开口,服务生便热情地上前说:"杨小姐,又来买心愿牌巧克力了。按老规矩六块对吗?"她的眼睛朝着门口望着,嘴里说:"是的。"服务生麻利地把六块巧克力装进纸袋里。她付款后迫不及待地来到李天身旁,把纸袋放到地上,然后从里面拿出一块巧克力,掰成两半,把一半有"愿"字的放回到纸袋里。把手里有"心"字的一块递给他。李天接过巧克力,一下子沉浸到回忆里,转瞬间,惊喜地望着杨丽的眼睛问:"真的是你吗?高中时我书包里的半块巧克力都是你放的?"

李天一脸阳光灿烂的笑。

"一直给我'能量'的巧克力,让我找寻的神秘人,原来就是你?"李天激动地说,"可是你为什么当时不说?"杨丽的脸一下子红了。李天似乎明白了是怎么回事,欲言又止。他们两个都不自然地笑了笑。"李天。"从他的身后传来一个甜甜的声音,一个漂亮的女人上前挽住了李天的胳膊,瞟了杨丽一眼说,"她是谁?"李天赶紧介绍:"杨丽——我高中的同学,几年没见刚好在这儿碰上。这是我爱人——刘红。"她们相互点头。李天又问:"你结婚了吧?"杨丽违心地点了点头。李天似乎想继续说些什么,他爱人不耐烦地说:"改天再聊吧!

{ **116** }

我们还有事!"李天见爱人神情不太对,歉意地对杨丽说:"我忘了她还有事,我们改天再聊。"然后就被他爱人挽走了。

看着他们离去的背影,杨丽并没有去捡地上的巧克力纸袋,而是看着李天慢慢地消失在茫茫的人海中,背影渐渐消逝。从此,甜品店里便再也没有了杨丽的身影……

搜　索

○薛培政

当年经常乔装打扮深入敌占区、侦探敌情的侦察英雄毕老爷子，进入耄耋之年后，却越来越犯嘀咕：如今的年轻人是咋了，怎么一个个都像我当年一样，变成侦察兵了？

瞧，那一个个的神情，或行走在下班、放学的路上，或坐在书房的电脑前，或围坐在周末家庭聚餐的餐桌上，个个眼睛瞪得直勾勾的，旁若无人地摆弄着手机和平板电脑，手指在触摸屏上来回滑动，所有注意力都集中在手中发亮的方寸屏幕。有时居然如醉如痴，神秘兮兮，偶尔嘴里蹦出个词来，竟是他当年常用的行话：搜索！

搜索？搜什么——每每至此，老爷子总是不解地摇摇头。

当明白了这"搜索"的用意后，老爷子却认真起来："搜索、搜索，遇事不用心思考，不加分析和判断，一味图省事靠搜索，吃惯了别人嚼过的馍，将来是要吃大亏的！"

世上的事就这么邪，老爷子的一席话竟一语成谶。

那是夏日一个周末的夜晚，一场百年不遇的破坏力极强的飓风突袭了毕老爷子所在的 C 市，所到之处树倒屋毁，境内互联网干线受损严重，造成网络瘫痪。瞬间，C 市成为一座信息孤岛。

次日清晨，大大小小、男男女女习惯了上网的"网虫"们，望着手

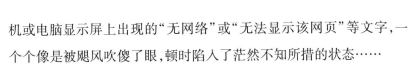

机或电脑显示屏上出现的"无网络"或"无法显示该网页"等文字,一个个像是被飓风吹傻了眼,顿时陷入了茫然不知所措的状态……

"这可怎么办? 我的老天爷啊,这可怎么办哪?!"毕老爷子的孙子、某局机关综合科科长毕生华,急得抓耳挠腮,在书房里踱来踱去,呼天号地直跺脚。

头天下班前,他接到局长从省城打来的电话,授命尽快撰写一篇利用新能源解决大气污染问题的汇报稿,急等着向省厅主管部门汇报以便争取资金。本来昨晚就该加班的,谁料刚拟出题目,尚未上网搜索资料,一铁哥们就像中了大奖似的打来电话,说晚上要与一位从省城来的通天人物的亲戚共进晚餐。

作为市里确定的后备干部,他做梦都想遇见贵人,便匆匆赶了过去,因多贪了几杯酒,加班的事自然就泡汤了。

本想次日早早起床赶写,谁料却上不去网了。

从上大学起,他就有了"网瘾"。一旦遇到不会的问题,只要开机上网搜索,一切信息便手到擒来。如此这般,总能妙笔生花,把各类材料写得头头是道。就是凭着这一能耐,他成了历任局领导御用的"笔杆子",并担任了局综合科科长。

随着阅历的增长,他竟越来越离不开网上"搜索"了。

此时,在这个家里,郁闷、沮丧的远不止他一个人。

作为一合资公司主管会计的毕生华之妻,本来要在这天通过网络将报表报集团公司的,结果网络瘫痪了,她也急得直冒冷汗,因为这天是当月报表的最后期限。

还有他刚上小学三年级的儿子,正在为造句找不到合适的句子而愁眉苦脸。要是在以往,他准会问妈妈,若是妈妈说不出时,就会告诉他:"上网搜索一下。"然而,飓风的出现,也让这个认为"搜索"无所不能的孩子,知道了网络也有"逃课"的时候。

在这个四世同堂的家庭里,唯有八十多岁的毕老爷子泰然自若,对晚辈们那一个个焦虑的面孔甚至不屑一顾。"怎么,没有网络了,就办不成事了?我看这网络偶尔停一停也不是坏事,人留着脑子长期不用是会变笨的!"

望着大家不解的样子,老人继续说道:"搜索、搜索,不能事事都靠搜索;就像我当年搞侦察一样,获取敌人的情报除了靠搜索,还要实地侦察一遍,甚至几遍,要不情报有误,那是要打败仗死人的。现在的网络虽是个好东西,但不能处处都靠'搜索',该记的东西还要用脑子记!"说完,老人不由得又回忆起那炮火连天当侦察兵的岁月……

六十多年前,刚满十八岁的他,已在解放战争的战场上当了两年侦察兵了。起初,他走村串巷探听敌情,一次情报有误,差点被团参谋长罚去喂马。

"不入虎穴焉得虎子。"侦查科长告诉他。

此后,他便经常苦练侦察本领。当过放羊娃的他,虽然没有进过学堂,记忆力却出奇的好,侦察一圈回来后,就能指着地图口述敌军事目标的位置及行动路线,就连多少个碉堡,分别部署在什么位置,到达敌人阵地要经过哪些沟沟坎坎、村村落落,需要多长时间等等,他都能说得头头是道,点滴不漏;无论白天晚上,对东南西北方位的判断,也丝毫不差,就连在一旁一边听他口述,一边在地图上标识敌方工事设置的参谋人员,也都对这个小个子侦察兵刮目相看,他也为此落了个"活地图"的美称。

"其实,我的脑子也不灵光,关键是咱没有学问,就要笨鸟先飞,人家是用笔记,我是用脑记。再说打仗是要死人的,怎敢马虎?"

也许是老人的经历让大家受到启迪,也许晚辈们感到老人说的在理,也或许是这场飓风让他们长了记性,从那往后,毕老爷子就发现晚辈们在业余时间有了些许变化，孙子毕生华不再沉湎于电脑上的游戏，又捡起了记笔记的习惯；孙媳也不再玩"偷菜"、打升级、上淘宝网；就连一向做数学题习惯用计算器、语文造句靠搜索的小重孙，也主动放下了计算器，还经常背诵一些好词好句。再以后，就很少听到晚辈们张嘴合嘴使用"搜索"这个词了……

平淡是福

○薛培政

　　四十年前,赵甲、钱乙、孙丙三家为邻,三人一块儿在大杂院玩尿泥时,谁也看不出他们有什么区别。四十年后,赵甲为实权处长,钱乙当民营企业家,孙丙是一企业电工。

　　求赵甲办事的人很多,送礼者自然不断,逢年过节更是络绎不绝。家人也跟着风光,办什么事都受人抬举。年前,听赵甲夫人说,想在市区黄金地段新开发的鸿程小区外买一套门面房,开发商第二天便找上门来,以相当优惠的价格,悄悄为其办妥了购房手续;上小学的儿子看到电视上播出苹果五代手机要上市的广告,小声嘟囔着想换这款手机,恰巧让来串门的联通公司业务经理听到,连夜托人从省城调货,次日就送上了门,还帮着选了个四个"6"相连的号码,让爱显摆的赵公子在同学面前挣足了面子。就连亲戚朋友也没少跟着沾光,让人好不羡慕。

　　钱乙身家上亿,生意做到了国外,钱多得连他自己也难说准有多少。整日里身着名牌,驾驶豪车,手戴金戒,后跟保镖,出入灯红酒绿,尽享富贵。据说他爱喝广州早茶,每周雷打不动要打飞的去羊城;出境豪赌,一出手惊得周围赌客直伸舌头;一次在机场候机,看见茶座上放着小说《妻妾成群》,钱乙轻蔑地撇撇嘴:"成群算个球,咱要

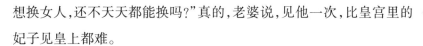

想换女人,还不天天都能换吗?"真的,老婆说,见他一次,比皇宫里的妃子见皇上都难。

孙丙的日子其实过得很简单,每天骑车上班下班,接送孩子,买菜做饭。闲了,就去附近的城墙边,看人家打牌。碰上打牌的人凑不够手时,也偶尔喊他上去替补一会儿。眼见得大院里的人,一个个买房乔迁新居;眼见得以往的同事,一个个成了有车一族,孙妻好不眼热啊,却偏偏碰上这个与世无争的"窝囊废",遇到不顺时,难免就朝孙丙发脾气,常数落他没本事,嫌日子过得太平淡,老和尚的帽子——平不塌。孙丙脾气好,任凭女人怎么唠叨,即使说到骨头缝里,就是不还嘴,也不生气。时间长了,女人的脾气也磨得平和了。虽说整日平平淡淡,但家里人无病无灾,吃穿不愁,日子过得倒也心安。遇上月底宽裕的时候,买个烧鸡,或买上半斤肉,包顿饺子吃,全家人也感到挺滋润的。

数年后,结果就大不同了。赵甲因犯事被纪委带走"双规",查清问题后,进监狱过上了囚徒生活;钱乙先是因私生活糜烂,家庭分崩离析,后酗酒无度,导致心率恶性失常,早早离开了人世。唯有孙丙仍自由自在地过着平淡的日子。唯一变化的是,儿子很争气,考上了北京一所名牌大学,虽说需要一大笔开支,可孙丙说,就是砸锅卖铁,也要把孩子供养成才。至于钱的事,可以慢慢挣、慢慢还……

如今,住在原大杂院上了年纪的人,拉起这仨人,没有人再说孙丙窝囊,孙妻也终悟:只要无灾无难,平淡也是福!

硬　茬

○薛培政

　　男子甲系一富家子弟，自幼备受宠爱。长大后心高气傲，爱占上风，从来不考虑别人的感受，即便摊上事了，也有人出面帮其摆平，久而久之，备受抬举的他自喻为"硬茬"。

　　"硬茬"真硬。上小学五年级的时候，他与一同班同学发生争执，竟一拳下去，把那同学打成耳膜穿孔，气得对方家长要上告。结果"硬爹"出面，一路打点，居然有惊无险，把事摆得风平浪静。任凭对方家长怎么起诉，管事的那些部门就是装聋作哑，拖来拖去，拖得那同学家长泄气了事。末了，校长还把那同学剋了一顿，嫌他不长眼，给学校惹了麻烦。

　　从小学、初中到高中，这"硬茬"没少给他爹添堵。但千顷地里一棵苗，亿万家产继承人，即便"硬爹"想管他，爷爷、奶奶、姥爷、姥娘和他娘，一大帮子人护着呢，那真叫打也打不成，吵也吵不得！好歹念完了高中，他考上一专科学校，算是进了"大学"门，爹娘脸上也有了光。哪料不出半年，"硬茬"喜欢上飙车。一日，他驾驶宝马，与另一富豪子弟在市内主干道上狂奔，一不留神与一奥迪追尾。奥迪司机也不是瓤茬，结果双方言语不和发生冲突。"硬茬"态度尤为嚣张，加之身边那富豪子弟相助，两人将奥迪司机打翻在地，动弹不得。他们打人后欲驾车逃逸,被围观群众拦下,后被警方带走。又是"硬爹"托亲告友,上下活动,"硬茬"被拘留半月了事。

"硬茬"一而再再而三地惹事,闹得"硬爹"焦头烂额,无奈,只得花重金托人将其送到国外。与其说是送出去读书,不如说是出去避祸。如此这般,"硬茬"勉勉强强总算把他爹布置的三年留学任务完成了,虽说没有拿到洋文凭,倒也没有惹出大事。荣归故里那天,"硬爹"企业的上百人到机场迎接,好不风光。

回国后,仗着吃了几年洋面包,"硬茬"更是有恃无恐。"硬爹"本想让他到自家企业当中层,也好日后接班,谁料他偏偏要考公务员。于是,全家都围着他忙活开了,"硬爹"高薪聘请了好几位知名辅导老师,又是讲解,又是押题,简直就像是办论坛;"硬妈"请来高级厨师研究食谱,又是重补脑又是讲营养,天天伙食不重样。也该这"硬茬"与当官有缘,笔试居然顺利过关。轮到面试了,有钱的"硬爹",早早派人找门子,托关系,结果找来找去,越找心里越没谱。听说担任面试考官的是市监察局副局长佟如铁,这老佟油盐不进,是出了名的黑老包。碰到这样的人,就只能碰运气了。面试出门之前,"硬爹""硬妈"一再嘱咐:今天可要规矩点,千万别惹着佟如铁。

连日阴雨,马路上积水不少,习惯了开快车的"硬茬",驾车到面试考点,又是一路狂奔,弄得积水飞溅,引得路人纷纷指责,这一幕被身后一驾车的中年男子尽收眼底。碰巧,两车进同一院,且停在一起。中年男子下车后劝道:"小伙子,开车要讲公德,雨天注意开慢一点。""硬茬"习惯性地将眼一瞪:"管得着吗?"说完,直奔考点而去。这时,他隐约听到后面有人与中年男子打招呼,称其为"佟局长",他心里不禁"咯噔"一下。轮到面试时,"硬茬"愕然,原来坐在考官中间的竟有他,四目相对,"硬茬"第一次心虚地低下了头……

黑罐子红罐子

○阎　岩

他们俩恋爱时并没觉得性格有多少差异，你敬我爱，亲密无间。结婚过日子后才知道，他们是性格截然不同的两个人。男人外表深沉，脾气却暴躁，动不动就摔东西，有时还动手打她。而女人看起来外向，嘴不饶人，内心却脆弱，总爱哭。

男人其实也不是心眼有多坏，就是控制不了自己的情绪，出手打了她马上就后悔。一次，两人在被窝里亲热后，女人躺在男人怀里说，我要准备一个黑罐子一个红罐子。以后你要对我好一次，我就把你的好写在纸条上，放在红罐子里；如果你对我坏，我就把你的坏也写在纸条上，放在黑罐子里，我们死了后到阎王爷那里算总账。男人愧疚不已地说，这办法确实不错，你就把两个罐子都放在桌子上，让我时时看到它们，对我也是一种监督。

果真，自摆上黑罐子红罐子后，男人的脾气好了许多，但有句老话叫生就的骨头长就的肉，想彻底改变是很难的，所以，战争还会不时地爆发。爆发后，男人眼睁睁地看着女人背对着他把写好的纸条放进黑罐子里。这时，那个黑罐子就像阎王爷的眼睛一样注视着他，让他羞愧难当。

一晃，孩子们长大了，也知道了两个罐子的故事，但谁也不过问他们老两口的事情,有时在他们背后说笑一番,觉得两位老人挺逗的,像小孩一样。

再转眼,他们都老了,吵不动也打不动了。可是,女人却得了重病,治也没治好,撇下他先走了。葬了她,男人立即感到了失去她的那份落寞。

男人想到了那两个罐子,他想知道这一辈子到底对女人有多少好多少坏,死了也好给阎王爷有个交代。他颤巍巍走到桌前,拿起黑罐子,想先看看他做过的坏事。黑罐子的盖被他打开又被他盖上了,他想,还是先看看他做过的好事,于是就打开红罐子的盖子。他的手刚要进去抓纸条,又缩了回来,他觉得还是先看看坏事,这样先坏后好会让他容易接受,于是他又打开黑罐子,可又觉得自己应该先看看红罐子……就这样,黑罐子红罐子,红罐子黑罐子,他打开盖上总有十多次,才最终先拿出了红罐子里的纸条。

他拿出红罐子里最上面的一张纸条,那上面写着:你为我买了一条围巾,让我感到特别温暖。读着纸条,他心里也温暖无比,心想,如果你活着,我会给你买更多的围巾。他又拿出第二张纸条,上面写着:你帮助我收拾屋子,让我觉得你非常爱我,我非常有幸福感。他想到平时自己很懒,不喜欢做家务,内疚的眼泪都要掉下来了。纸条让他一段段地美好而又带着伤痛地回忆着,当他读完的时候,泪水已经把衣襟湿了一大片。

黑罐子的盖打开了,他从里面拿出一张纸条没有立即打开,而是想象着纸条上应该是他做的哪一件坏事,他想,一定是他打她的那件。他闭着眼睛打开纸条,又慢慢睁开眼,结果他发现,纸条上写的是:我只想记着你的好。他再拿出一张读,仍是这句话。他再拿,还是这句话。他又拿,仍是这句话。每张纸条上都在重复着这句话。

他终于忍耐不住,抱着黑罐子肆无忌惮地大哭起来。

靳 海 梅

○阎　岩

　　单位派我到劳务市场招几名临时砸煤工,我已经说不清多少次来招砸煤工了。砸煤这活儿太脏太累,年轻的不想干,年老的抡不动大锤,所以招来的都是一时半会儿找不着活儿干又不愿意干等着的人。他们来干几天,找着别的活儿了就走了。他们一走,我就得到劳务市场去。这已经成了规律。

　　这一次还算顺利,去了没多长时间就找了六个。我正要带着他们往单位走,被一名妇女缠住了,她问我要不要她。我说不行,不要女的。她还是不肯放我走,她说她比男的还有劲。我仔细看了看她,除了脸长得黑手粗糙些,看不到她哪点有劲。我告诉她,我们有规定,不要女的。但是她不听,硬是跟着我到了单位。领导见我带了个女的,问我怎么回事。那妇女就求领导,说她能砸动,她只要80%的工资就行。领导说那就留下吧。

　　当我再次去劳务市场领回几个砸煤工时,我惊奇地发现,上次那个女人还没有走。她站在煤堆的最高处,把锤子抡得最高,只听声声煤块破碎的声音。看着这样一个女人,我有些感动,也有些感触,我想象不出她有一个怎样的家庭,她的家人怎么忍心让她出来干这种活儿。我上前叫她休息一会儿。她笑着说,她刚休息过,不累。她一笑,我也禁不住笑了,因为她浑身上下都漆黑,包括脸,一笑,露出一口洁白的牙齿。

一茬又一茬的砸煤工走了,那个女人却始终没有离开。我很震惊,这样一个女人能在这个岗位一待就是半年。我私下了解了她的一些情况,知道她是个很不幸的女人。她叫靳海梅,40岁,家住距市区50公里的农村,丈夫早逝,留下一双儿女和年迈的婆婆,为了养活一家人,她不得不出来四处打工赚钱。对于这样一个女人,大部分人都对她表示同情,在私下议论她的不容易。

真的太意外了,靳海梅上了省电视台的《人生采访》栏目,我们单位里好多人都看到了她。她的儿子成了省里的高考状元,她作为状元母亲接受了采访。电视里,她一直笑容满面,感恩地说她七十多岁的婆婆对她的好和对她孩子的照顾,说她的两个孩子如何可爱,只字不提自己。当主持人问到她干什么工作时,她很轻松而又自豪地说出了她是一家企业的砸煤工,她还说这个工作是她打工以来最满意的工作,因为每个月都按时发工资。

听着她的话,我当时就流泪了,可是她仍然在电视里笑着,自始至终,没有看到她掉一滴眼泪。采访就要结束时,靳海梅说了一句让大家都很感动的话,她说,可能有好多人同情我,认为我可怜,但是我要告诉大家,我是幸福的,我的婆婆、儿女和我,不管是身体还是心理都很健康,我们在生活中相互鼓励,寻找开心,虽然日子穷苦一些,可是我们能让生活充满喜悦。不停努力而没过分的欲求,所以,我们很快乐,希望大家都幸福快乐起来!

电视里爆发一阵雷鸣般的掌声。

艄公七爷

○张俊杰

七爷是个极富传奇色彩的人物。

七爷年轻时水性极好,黄河汛期可以盘腿坐在水面上过黄河,一个膝盖上放一壶酒,一个膝盖上放一碟花生米,喝一口酒,就一粒花生米。

七爷未过门的媳妇叫小翠。小翠面容姣好,蜂腰隆胸,一笑脸上露出两个浅浅的酒窝。小翠在古钟镇渡口摆小摊卖水果。但不幸的是镇长的无赖儿子瞄上了小翠,经常光顾水果摊骚扰小翠。

也活该那天出事,镇长的儿子又涎着脸皮骚扰小翠时,七爷恰好赶船回来。七爷一把抓住镇长儿子的手腕使劲往里一握,又往上一提,镇长的儿子便痛得龇牙咧嘴。镇长的儿子忍着剧痛说,好,小子,算你有种。这时堤坝上爬出一条蛇,镇长的儿子为了挽回面子震住七爷说,小子,你要是真有种你将这条蛇活着吞下。七爷扭头看了一眼,那是一条一尺多长的小青蛇。七爷二话没说,一弯腰捏起小青蛇,从旁边刘二卖油饼的案子上揭来一张油饼,像卷大葱一样用油饼紧紧地裹住小青蛇,在旁人的唏嘘声和小翠的劝阻声中,一口一口吞下。

小翠到底还是没有逃过这一劫。那是一个没有月亮的夜晚,七爷赶船在外,镇长的儿子偷偷溜进来欺负了小翠。当小翠将这一切告诉七爷时,七爷气得咬牙切齿。但七爷没有马上去找镇长的儿子算账,而是暗暗将目光瞄准了墙上挂着的那把刀。刀是好刀,刃如清霜,当年七爷参加义和团的爷爷曾用这把刀砍杀过不少西洋鬼子。

镇长的儿子死在一个漆黑的夜晚,脑袋被劈成了两半。同一个夜晚,七爷和小翠离开了古钟镇,撑着小船沿着黄河溯流而上,从此再没有回来。

鸡叫二遍时,七爷从回忆中惊醒。唉,那已经是四十多年前的事了,七爷在棋盘桌上磕着烟袋说。七爷站起身打了个哈欠,抖抖身上的露水,准备回屋休息。时间就像眼前的河水啊,说流走就流走了,七爷叹息。这期间,小翠变成了老翠,并抢在七爷前头走进了坟墓。留下七爷孤独地守着这个异乡的老渡口,前不靠村后不靠寨的。好在七爷身体很好,骨架硬朗,一个人还能撑得动船。

深秋季节,白露为霜。偶尔传来一两声蟋蟀叫,声音瘦弱而凄凉。

七爷转身回屋。这时,对岸有人喊,七爷,过河啦。

七爷收起烟袋,从歪脖柳树上解下船,划船过河。

要渡河的是个男子,三十多岁。抽着洋烟。

跳上船,男子急忙让烟。七爷接过来夹在耳朵上。七爷过河时决不抽烟,七爷坚信河神不喜欢抽着烟撑船的艄公。

船行水上,七爷从口音判断,男子是花园镇人,花园镇距离此地50里。上了岸,男子从提包中掏出一条烟撂给七爷。烟是好烟,如意牌子,香气扑鼻,一条抵上几趟船费。男子说,这是送给七爷的礼物。然后又从提包中掏出两瓶老白干,一大包猪头肉。男子告诉七爷,今夜来此接货,当晚还得赶回去,还要劳七爷等着。说完,摆好酒肉请七爷喝酒。

烟酒不分家,七爷也不客气,便与男子对饮起来。只是七爷疑

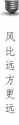

惑,什么货白天接不得,非在晚上。但男子没说,七爷也不问,七爷是沉默如大山一样的男人,对别人的事没有刨根问底儿的习惯。

寂寞古渡口,一灯如豆。二人推杯换盏,话语也渐多起来。不多时,一瓶酒已经下肚。

鸡叫三遍,送货的人还没有来。男子说,对饮不够尽兴,不如以棋赌酒。七爷也不反对。自从老伴去世,靠摆渡为生的七爷更是以烟酒棋消愁解闷。男子伸手拿出三个墩子碗将另一瓶酒倒入其中。

第一局,男子让七爷开局。炮进象飞,卒来兵往。男子身手不凡。不多时,七爷便输掉了第一局。七爷不服气,端起酒碗,一饮而尽。

第二局,男子开局,七爷不敢轻敌,炮来车挡,马来象阻,棋盘如战场。七爷险胜,胜得很艰难。

第三局,双方都不敢大意。损马折炮,将帅对峙。棋子掷地有声,双方每走一步都很慎重。但七爷今天遇见了高手,又输掉一局。

七爷平时很少输过两局,输掉两局后七爷眼睛红了,要求再来一局。男子说,酒已经喝完,再来,赌什么?七爷说,随你。男子说,好,我就赌今晚借七爷船一用。看来男子蓄谋已久。这时,七爷看见镇上惯偷黄三牵着一头牛走来,七爷顿时豁然明白。

但说出去的话泼出去的水,无法收回。七爷清楚,能否留下这头牛就看这局棋了。这局棋七爷下得十分沉重,也十分悲壮。但七爷今天遇见了真正的高手,有力杀敌,无力回天,七爷使出浑身解数,最终无奈败北。

男子牵牛上船,双手抱拳说,多谢啦,七爷!

船行水上,如尖刀一样划开了七爷的胸膛。

七爷略一沉思转身回屋,从床席底下拿出一把牛耳尖刀。七爷主意已定:毁船留牛。只见七爷脱去上衣,口咬尖刀,双手合十伸过头顶,扑通一声跳入水中。

深秋季节,水寒刺骨。

第二天,寻牛的人在七爷平时拴船的歪脖柳树上找到了自家的牛。七爷躺在旁边,脸上的笑容已经凝固,带伤的身体已经僵硬。

不远处,一片水草缠绕着几块船板在水中漂荡。河水无声地流淌。

后来,寻牛的人逢人便说,七爷是条汉子。

刺　秦

○张俊杰

我不怕死,我的命不值钱,我只是个卖艺的。

但现在死去着实不甘,我奢望过几天朱门酒肉、笙歌曼舞的日子,那样就死而无憾了。

机会很快来了。那是一个阳光明媚的冬日,我光着膀子在蓟城街上舞剑。那天观众的心情很好,喝彩声不断,我也舞得无比卖力,劈、刺、点、撩、抹、穿、挑、截、扫,剑走龙蛇,行云流水,如一朵盛开的白牡丹。观众中有一个人,白皙微髭,满眼忧虑,形容却有点猥琐。他说他寻找我很久了,是田光先生向他举荐了我。这个人就是燕太子丹。从此我的人生改变了,我过上了上层人的生活,住豪华公馆,食美味佳肴,赏珍奇玩物,阅天下美色。

太子丹对我无比客气。他被我那天的剑术蒙住了,说我是稀有的剑客,拜我为上卿,这让其他人眼红。一天他派人请我到他宫中,金樽清酒、玉盘珍馐,席间还招来一位女子弹琴。那女子端庄优雅,技艺娴熟。一双手白皙如柔荑,十指纤纤灵动,指甲上蔻丹鲜红耀眼,弹奏起来如一群蝴蝶在飞舞。这是我见过的最美的手,多美的手啊!我禁不住赞叹。席后太子丹让人奉上一份礼物,揭下红布竟是一双滴血的手,十指还微微颤动,鲜红的蔻丹直逼我的眼睛。还好我控制住脸上的表情,尽量波澜不惊。受大礼必当效大力,我知道我成了太子丹拈在手中的一枚棋子。

众人皆说太子丹器重我,待我为上宾,不惜斩断美人的手讨好我。我知道太子丹是在向我示威,让我知道他的厉害,忤逆他必是死路一条。太子丹很高明,他迷惑了众人,包括和我无话不谈的琴师高渐离。

我被逼上了绝路,用生命报效太子丹是迟早的事。

不久秦将王翦的军队打到燕国南界。太子丹坐不住了,委婉地向我下达了坚决的命令——刺秦。这早在我预料之中。我胸有成竹,现场给他分析了当前形势:行而无信,难以亲近嬴政。我还向他说出了一个人的名字——樊於期。樊於期原是嬴政手下的将领,后来得罪嬴政逃到燕国避难,他的头是最好的信物。太子丹听后流着泪陈述苦衷,樊於期在走投无路时来投靠他,他不忍心用樊於期的人头,让我另想办法。尽管太子丹一脸忧愁,双眼悲戚,但我还是看出破绽——他在表演。他了解我,一定想到了我私会樊於期,他并没有采取保护措施。我轻而易举地就得到了樊於期的头颅,他知道后没有生气,只是痛哭,还亲自替我收拾好装进匣子。太子的演技很高明,几滴眼泪就蒙住了所有的人,当然除我之外。

太子丹入戏了,我必须配合,否则我只有死路一条。但我没有马上动身。尽管太子已为我准备好匕首,那匕首已在毒药中淬过,见血封喉,三步必亡;尽管他还为我找好助手,就是人尽皆知的 12 岁能杀人的秦舞阳。秦舞阳徒有虚名,根本不配做刺客,但我不能揭穿他,带着他对我有用。也该动身了,樊於期的头颅已经开始腐烂。可我还是稍稍忤逆了一下太子丹的旨意,只有这时我才敢忤逆他,换其他时候我早没命了。太子丹果然着急了,跑过来催我。我平生第一次也是唯一一次对他发怒了,我胸有韬略而又义愤填膺地怒叱他说:难

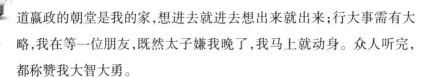

道嬴政的朝堂是我的家，想进去就进去想出来就出来；行大事需有大略，我在等一位朋友，既然太子嫌我晚了，我马上就动身。众人听完，都称赞我大智大勇。

"吾客"不到就不等了，怒叱完太子我必须出发。那天阴风凄厉，易水悲流，送行者皆白衣白帽，目落泪，怒发冲冠，恨不得亲自替我去刺秦。出发的时辰到了，我大义凛然，视死如归，马鞭一响，绝尘而去。上车前，我又看了高渐离一眼，他眼里更是无限向往。渐离兄，别让我害了你。那一刻，我仿佛在渐离眼中看到了他几年后的悲剧。唉，他怎么就不了解我呢？这也难怪，除我之外，谁敢去刺秦？

结果是大家都知道的，我没能杀死嬴政，秦舞阳更熊包。临死前我抓住最后的机会，对着嬴政慷慨陈词，我说我没能成功是想生劫你，让你立下契约永不进犯燕国。这句话是说给嬴政听的，也是说给秦国的大臣们听的，更是说给史官听的。就我的本事，以这样的人生谢幕简直再完美不过。

我只是一个平凡人，我不是一块刺客的料。我卖艺出身，最擅长表演，我演的是一场回报太子丹的戏，更是一场让我彪炳史册的戏。我的失败也不是"待吾客与俱"，我没等什么人，那个时代也根本没有能杀死秦王的刺客。

千　古

○张俊杰

这是今年咸阳的第一场雪，长空暗暗，冷风凄凄。

我闭目静立院中，感受着这份切肤的凄凉。

眼前又浮现出七年前易水诀别的一幕，那天风疾水寒，三尺怒涛激荡着仇恨，太子丹和宾客皆白衣白冠。我奋力击筑，荆兄慷慨悲歌，"风萧萧兮易水寒，壮士一去兮不复还"，歌声惨烈，在滚滚波涛上炸响，宾客无不血脉偾张，肝胆欲裂。

这是一次激昂慷慨的壮烈送别！

一生能得一这样的诀别，足矣！

先生，筑收拾好了吗？琴童问我，今晚还有演出呢！

对，今晚嬴政要听我击筑，那个杀死荆兄的人要听我击筑，那个灭掉燕国的人要听我击筑。

荆兄的头颅很快被送回燕国，随之而来的还有一封国书——速献太子丹头颅于秦。太子丹害怕了，燕王喜也害怕了。

我默默地看着荆兄的头颅，无限惋惜，更多的是感动。

嬴政疯狂了，仅十个月，便攻破蓟城。燕王喜无奈，忍泪斩下太子丹的头颅送给嬴政，然而这时嬴政不要了，他要的是灭掉燕国，诛尽太子丹的同党。

我无奈,更名改姓,混迹在宋子城,为人做佣。

那是一段肝胆欲裂的日子,那是一段灵魂出窍的日子。屈心抑志,忍尤含垢,我不知道我能坚持多久。

一天,主人宴请宾客,席间忽有筑音传出。一声一韵,一丝一缕,如无数小虫钻进我心里,啃噬着我的灵魂。我又一次羡慕起荆兄来,奋然一击,壮烈辉煌,一生能有这样一击,足矣!

我决定也去刺秦,这样的生活我过够了。

嬴政不是喜欢听击筑吗?那就再从筑开始吧,这也正是我的所长。我故意大声说,那筑的声调有善有不善。马上有仆人将我的话汇报给主人,主人听后果然生气,命我上前去击筑。我用力搓搓手,盘腿坐在筑前,我的手指一挨筑便有了生命,如同一群精灵在舞动。宾客震惊了,拍手称善。我好长时间没尽情击筑了,我的生命需要宣泄,不击筑我会发疯。我尽情演奏,旁若无人,激越处金铁皆鸣,低回处静寂无声。

一曲终了,我便被敬为上宾,声名大振,宋子城的贵族纷纷邀请。

消息很快就传到秦国,嬴政派人来召我了。

一进秦廷我的身份还是很快暴露了。嬴政犹豫再三。他酷爱听筑,除了我没有人能让他满意。最终他心里一软,派人用马粪熏瞎了我的双眼,留我在宫中击筑。

我强忍疼痛叩首,谢主隆恩。

很快,我的名字传遍秦宫内外,人们纷纷议论,说我是一个没骨气的艺人。

嬴政多疑,每次听筑,必距我七尺之外。

他愈怀疑,我愈卖力,倾我所能让他陶醉,我的名声也愈来愈为人所不齿。

在筑乐的召唤下,嬴政终于靠近我身边,我甚至能听到他微弱的鼻息,我知道时辰快到了。

先生,请用膳吧,琴童又来催我,大王已经派车来接了。

好,我应了一声。今晚,一切都在今晚,我心中的恨如野草在疯长。

晚上我奋力击筑,尽情演奏,我知道这是我最后一次击筑了,真是无限留恋。

我舞起竹尺,筑声悠悠响起,如江水流淌。

我知道嬴政尚武,便加快击打节奏,筑声绵密,似浪涛滚滚,奔流而去,又如狂风暴雨,抽打着大地。

我听见嬴政轻轻移动的脚步声了。

我陡然发力,筑声无比刚烈,断金截玉,如沙似暴,和着易水的涛声,在天地间激越跳荡。

我仿佛又听到荆轲的歌声,又看到他愈来愈小的身影,衣袂乱飞,如一面狂风扯动的战旗。嬴政震惊了,我听到了他急促的喘息。

我咬紧牙关,闭紧双眼,奇怪,那一刻我瞎了多日的眼睛竟又流出泪水。

接下来的情况估计大家都知道了,当灌满铅的筑向嬴政击去时,机警的嬴政慌忙一闪,筑擦着他的肩头飞了过去,落地,裂开,铅块尽出。

武值警醒,上前扭住了我。

嬴政脸色大变,咆哮道:带下去,凌迟!

我哈哈大笑,我隐忍多年,就是为这尽情一击。

伴随这一击,我知道我成也千古,败也千古了。

侠

○窦俊彦

　　安州双河镇，地处三省交界，周围有三山环绕，唯有一处通向外界。

　　由于这里山高林密，聚集了许多土匪，过路商贾，沿途百姓，无不深受其害。百姓叫苦连天，当地州府也曾多次派兵围剿，都以失败而告终。

　　忽一日，有商队在镖师的保护下，十分谨慎，从山路上缓缓经过。一路上，唯有猿啸鸟鸣、泉水淙淙之声，而并无一盗匪之踪影。但镖师们仍不敢放松警惕，缓缓行走。行了五六里，却发现了一个惊心动魄的场面。

　　只见沿路横七竖八躺着山匪的尸体。商队里的人，看着这样的打斗场景，各个吓得面如土色，瑟瑟发抖。有几个胆大的镖师，仗着手中的武器，翻看着那些尸体。其中里面就有山匪头子霸三山，被人削掉了脑袋。而霸三山，就是官府赏银五十万两所通缉的要犯之一。镖师们经过细心观察，才发现，这些山匪，包括霸三山，都是为同一武器所伤。由此可见，是一人所为。他们再往前走，就看见了路上的血迹，沿着血迹，他们走了大约七八里路，发现地上有一伤者，奄奄一息。

　　镖师们将这位伤者抬到了车上。然后，商队快速前行，一路再无盗匪，平安到达双河镇。经过治疗，伤者获救。

后来，众人才知道，就是他跟踪了山贼三天三夜，最后才消灭了这帮土匪，自己也身负重伤。大家也知道了，他姓聂。双河镇里的人们都称他为英雄。

他除暴安良的故事，后为当地知府所知。知府将聂大侠的事迹，以最快的速度，报告给了皇帝。皇帝给他赐"义侠"金匾，又赏金万两。他将皇帝的赏赐，全部散发给了周围的穷苦百姓。

双河镇的人们，为聂大侠载歌载舞，庆祝了整整七天。聂大侠也没有辜负众人的期望，继续为双河镇周围的百姓做着好事。

皇帝老了，太子继位。西北地区干旱无雨，农民颗粒无收，而地方官员和朝中大臣相互勾结，横征暴敛，激起了西北农民起义。朝廷派出大军去镇压，被起义军打得落花流水，起义的星火，形成了燎原之势。有朝中老臣推荐聂大侠，皇帝于是十二道金牌，传唤聂大侠入朝，加封大将军，率军去对付农民起义。

聂大侠跪奏皇帝说："要我带兵，希望朝廷答应我一个条件。"

皇帝急问："什么条件？"

聂大侠说："要对付流寇，请允许我私自招兵买马。"

朝中大臣一片哗然，有的说他另有目的，有的直摇头，说万万不可，本朝没有私自招兵的先例。

皇帝犹豫了片刻说："你说说不要朝廷军队的原因，如果说的有道理，就准奏。"

聂大侠说："我朝经历了君王盛世，军队久无战事，操练废弛，正规军不堪一击。只有重新召集兵勇，才可以消灭流寇，重振朝纲。"

朝廷大臣们听了，都微微点头，皇帝也允许他招募新兵。

聂大侠就带着皇帝的圣旨，进入云贵地区，召集善于打猎、爬山而又勇猛的山民入伍。他又派人在蒙古草原上，买了许多战马。很快组

建了一支军队。他就带领这支军队，采取一手安抚，一手大肆镇压的手段，历时五年，平息了农民起义。人们在私下里称他为"聂屠侠"。

他又一次受到了朝廷的赏赐。在回家的途中，他遇见了道路上面黄肌瘦的老百姓，就唤手下人将车中的金钱，散发给那些百姓。谁知这些百姓对他的东西连看也不看一眼。有的拿了钱后，在上面唾一口，扬手扔在了尘埃中。手下随从，就要趁势拔出腰刀，被他呵斥住了。

回到双河镇，街道的商铺看到他的人马来了，家家关了门户。街道的行人，一个个看见他，像躲瘟疫一样，匆匆逃离。街道上空荡荡的，他再也没有感受到像上次一样百姓夹道欢迎的热烈场面，他的情绪坏到了极点。

就在第二天，有人发现聂大侠死了，一柄利剑穿身而过。在墙上有他留下的血字：成也双河镇，败也双河镇。

一个人的村庄

○窦俊彦

村子已不成村子，没有鸡鸣，没有狗叫，更没有人烟。肆虐的黄沙逼近村子，河床已经干涸。村子里的人已经搬迁，到处留下残垣断壁。

村子的西头，有两间旧瓦房，它是村子里唯一完整的房子。门前有一棵参天大树，它是村子里唯一的一棵树。树下有一位久经风霜的老人，他也是村子里唯一没有搬走的人。他正失神地呆望着远处的山坡，坡上有他祖祖辈辈的坟墓。

屋子前停了一辆车，车上下来一个中年人和一个孩子，后面还跟着几个村民。

中年人说："爹，咱搬吧！"

孩子说："爷爷，咱坐车走吧！"

老人没有理他们，仍然在凝望着远处的山坡。中年人和村民顺着老人的目光，看到山坡上，黄沙弥漫，祖先的坟墓，不见踪影。他们不免都很伤感，沉默了。

老人回过神来，仰头又看了看这棵古老的参天大树。这棵树，是老人爷爷的爷爷，从河边移栽到门前的。老人用手，充满深情地摸了摸树，转过头来，愤愤地说："你们走，我死也不走。"

中年人有点为难了,他今天一是要接老爷子,二是要伐这棵树。

中年人想,老人不走,主要是留恋这棵树。

中年人就让孩子将老人骗到了旁边,他领着村民就要伐树。老人甩掉小孩的手,一手将儿子推到旁边,他紧紧地靠着树,恼怒地说:"你们这些孽子,要伐树,先踩着我这把老骨头过去。"中年人没有办法,就和几个村民,给老人留下了水、面、油等生活用品,准备走。临走之前,中年人流着泪说:"爹,您保重。"

老人的脸抽搐了一下,摆摆手。

小孩恋恋不舍地望着他的爷爷,被中年人硬拽着上了车,等其他人都上了车,车卷起了一阵飞扬的尘土。老人眼泪纵横,手不停地在拍打着树。

从此,每天太阳升起的时候,老人就将鞭子甩得震天响,赶着那几只寥寥可数的、骨瘦如柴的山羊,在山坡上放牧。晚上,山羊归圈,老人就坐在树下,抽着旱烟,眼睛望着远处的山坡。

随着老人的烟锅,火一明一暗,老人就想起在黄沙离村子很远很远的时候,小河绿水荡漾,河边柳树成荫,他经常和小伙伴们在夏天里,下河摸鱼,冬天里,在河面上滑冰。傍晚,就在门口的大树下,听长辈们谈天说地。老人想到这里,脸上总荡漾着幸福的笑容。

就这样,老人在只有他一个人的村子里,年复一年地生活着。过了几年后,老人屋前的大树,不知道为什么,竟然干枯了。接着,老人就生病了,他望着大树,似乎感觉到,自己的生命,也就快要走到尽头了。

老人的儿子,按照老人的意思,请来了匠人,用门前的树木,给老人打造了一口棺材。

老人在病十分严重的时候,强烈要求睡棺材。众人就将他抬到棺材里,他睡在里面,手无力地指了指远处的山坡,就悄然闭上了眼睛。

　　老人被埋在了对面的山坡上。就这样，一个人的村庄，随着老人的入土，也就消失在漫漫的黄沙中。

无上剑法

○丑　时

洞庭湖水泛着涟漪,正如李强此刻的心情。他再次告诉自己,这一次决不能败。

这一战他苦等了三年。三年前他输给"无上剑客"柳大成一招,却也从对方的剑招里悟出了快剑的奥妙——无情无欲。从此他抛弃钟爱的女子,过起了苦行僧式的云游生活,三年后终于在洞庭湖畔大彻大悟。

柳大成终于出现。

高手对决,胜负悬于一瞬之间。李强出剑,剑如毒蛇、如猛兽,直逼对方死穴。然而,三十招过后意外突然发生,"当"的一声锐响,李强的剑竟然断了。猝不及防,对方的剑已经抵住他的脖子。

突遭变故,李强感到无比的羞怒与震惊:"为什么?"

柳大成道:"剑虽是快剑,够准够狠,但你遗漏了一点:剑也有生命。你只顾着磨炼你的人,却忘了磨砺你的剑。只有善待你的剑,才能达到上乘境界——人剑合一。"

李强迎风呆立,若有所悟。

一年后,他寻遍千山万水,终于在秦溪山麓寻到千年寒铁,又荡尽家财,铸造一柄吹毛断发的神兵利器。从此他视剑如命,取仙山亮

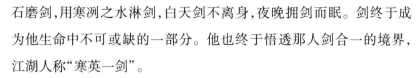

石磨剑,用寒冽之水淋剑,白天剑不离身,夜晚拥剑而眠。剑终于成为他生命中不可或缺的一部分。他也终于悟透那人剑合一的境界,江湖人称"寒英一剑"。

栖霞山的枫叶红了,娇艳似火。

李强愤怒出剑,剑如狂风,如烈火。柳大成竟节节败退。退无可退,柳大成剑锋陡转,竟将攻击目标转移到对方的剑上。"乒乒乒乒","寒英剑"已出现缺痕,李强内心一颤,剑突然脱手飞出,导致他再次落败。

"为什么?"李强瘫坐在地,似乎还不相信眼前发生的一切。

柳大成道:"你虽对人无情,却对剑用情过专。过分依赖你的剑,以致无法抛开生死束缚,达不到天人一剑的境界。"

李强再次陷入沉思。

之后的三年,他在沧浪之海的波涛巨浪中度过,每一次站在风口浪尖,他都感觉到自己的渺小,渺小,最后终于消失在天地相连的地方。三年苦悟,他终于超越了生死界限,达到天地无我之境。

春风拂面,吹绿了茫茫的蒙古大草原。

李强持剑而立,他的心态异常平静,仿佛在这一刻,他变成了一块石头,一截枯枝,已彻底融入这苍茫大地。两人对峙一天一夜,谁也不肯先出一剑。

到第七天,柳大成终于沉不住气。但剑一出手,破绽便一展无遗。"寒英剑"若有若无地刺出,对方的剑应声脱手,剑再向前挺进半分,直抵对方脖子。

胜负立判,李强竟有些压抑不住内心的兴奋。然而,他错了。柳大成并没有败,他的剑虽脱手,可是他的人却轻若飞燕,瞬间绕到李强身后,左手剑指已抢先一步抵住李强的脖子。剑气如虹,竟逼得李强透不过气。李强败了。

但这一次,他没有丝毫的气馁,他已看透了生死,剑对他来说,不再是胜负之争,而是一种执着和感悟。

"为什么?"李强再问。柳大成一语道破天机:"你的确已经达到天人一剑的境界,可惜正是对剑的执着,束缚你对剑法的领悟。剑未必就是剑,剑之意义也不在于剑本身,是剑又不是剑,然后用剑,这才是无上剑法。"

微风吹动草海,泛起圈圈草浪,李强心头一震,猛然悟透这"手中无剑"的无穷奥妙。十年磨炼,他终于丢掉了手中的剑,江湖人称"无形剑祖"。

巍巍昆仑,唯我独尊。

险峰之巅,李强品着高山龙井,采纳天地之间的灵气,磨砺他心中那柄利剑。柳大成却迟迟未到,李强只有一天一天耐心地等着。一个月后,对方终于出现,来的却是一名十岁的小童。小童一身灵气,腰间配着一柄木剑,抱拳施礼道:"阁下就是人称'无形剑祖'的李老前辈吗?"

李强沉声道:"正是,柳大成是你什么人?"小童应道:"正是家父。"李强道:"令尊别来无恙?"小童道:"托前辈洪福,家父日出而作,日落而歇,日子还算逍遥快活。"

"什么?"李强闻言一愣,问道:"他现在何处?"小童屈指一算,应道:"此时应该与家母泛舟西湖去了。"李强追问道:"他可还练剑?"小童答道:"家父心中早已无剑。"李强浑身一震,疑惑道:"是他让你来跟老夫比剑的吗?"小童摇头道:"晚辈是受家父所托,前来传达一句话。"他顿了顿,提声道:"家父说剑客终归也是人,不能整天动刀动枪,也要过正常人的生活。话已传到,晚辈告辞了。"

李强如遭晴天霹雳,一时竟茫然不知所措。往日的片段在他脑中一闪而过,最后只剩下孩童清脆的声音:"剑客终归也是人……也要过正常人的生活……"

回想起曾经钟爱的女子,李强蓦然醒悟,不禁失声痛哭……

"相公,你怎么了?"妻子将李强唤醒。李强猛地醒来,一身大汗淋漓,紧紧将妻子抱住,原来只是一场梦。李妻尴尬道:"别这样,孩子看着呢。是不是还在为明天的比剑担心?"

天已经微微见白。李强忙对床边的儿子道:"欢儿,你马上替爹去一趟洞庭湖,就在上次爹带你玩的地方,告诉一个叫'无上剑客'的,就说'家父心中早已无剑。剑客始终是人,不能整天动刀动枪,也要过正常人的生活。'记住了吗?"小孩兴奋地点点头。

中午的时候,小孩却一路哭着回来。李强追问原因,小孩泣声道:"我将爹的话告诉他,他听了哈哈大笑,骂爹是个胆小鬼……"

无
上
剑
法

十年之恨

○丑　时

　　李拳抬起头，终于见到寨门口垂挂的那副巨联："以眼还眼再打瞎你一只眼，以牙还牙再打烂你一嘴牙"，横批是"睚眦必报"。

　　终于到了吗？想起一个月来的长途跋涉，李拳喜极而泣。

　　"不错。"帮主司马狂徒喝道，"我'尸马帮'是出了名的有冤报冤，有仇报仇。对方是什么人？"李拳怯怯道："山西秦府……"司马狂徒命人给他递了壶酒，宽慰道："有何冤仇，只管道来。"

　　李拳喝了口酒压压惊，才缓缓说道："上个月，秦大少爷秦仁为练拳脚，设下人肉擂台。尽管赏金高达千两，却少有人问津，我自幼练过几年拳脚，只因家中一贫如洗，小儿还得了寒疾，无钱医治，生命危在旦夕，于是我就去碰碰运气。秦家十二路拳法远近闻名，我又怎么会是秦仁的对手呢，几拳下来，已是伤痕累累。本想就此作罢，可一想起病中的小儿，一颗心便横了起来，一条命也豁了出去，顿时失去了理智。醒来时发现已经摔倒在擂台下面，身下还压着一人，正是秦仁，他已经昏了过去。有人告诉我，是我发了疯，抱住秦仁不放，结果跌下擂台，秦仁先落的地，按照规矩，是我赢了。

　　"然而，他们把我请到秦府，给的却不是赏金，而是一顿暴打。说什么坏了秦公子的名声，不杀你已是格外开恩，快滚。我心想就认栽了吧,可回到家中,小儿已经奄奄一息,再不救治……我又跑回去求秦少爷,结果……他把我的腿打断了,我爬回家时,发现小儿已经……已经……"李拳已经泣不成声。

"混账东西!"司马狂徒喝骂道,"这秦府当真欺人太甚。你放心,'尸马帮'断然不会坐视不理。但你既然入我'尸马帮',就必须清楚我帮帮规。"李拳道:"来之前已经打听好了。"司马狂徒道:"那就好,我'尸马帮'虽然人多势众,但绝不仗势欺人。姓秦的打断你的腿,他的腿也应该由你亲自来打断。君子报仇,十年不晚。你先下去休息,为师已经知道该怎么做了。"

过了半个月,李拳的腿伤才痊愈。一帮徒将他带到练武场,突然向他动手,三拳两脚便将他打倒在地。李拳惊讶不已:"你怎么懂得秦家的拳法?"那帮徒道:"师傅让我们一人假装打擂,一人暗中偷学来的。师傅还说以眼还眼,以牙还牙,要打败姓秦的,先要把他的武功路数摸清楚。"

李拳便开始苦练起秦家拳法。刚开始辛苦难当,可一想到死去的儿子,一想到离家前妻子悲痛欲绝的哭声,一股悲愤的力量顿时流满全身。没有任务时他就拼命练拳,常常练到半夜三更。一年下来,已将秦家十二路拳法练得滚瓜烂熟。

司马狂徒大为震惊,即刻进入实战阶段。刚开始屡战屡败,李拳不免要被人打个鼻青脸肿,但一想到秦家的人如何打断自己的腿,如何弄得他妻离子散,竟越战越勇。两年下来,已能立于不败之地。

大仇将报,李拳激动不已。司马狂徒却道:"还早呢!你学的不过是秦家拳法,最多也是跟他打个平手,若要胜他,还需学会如何破解。"李拳不信,暗中找秦仁一试,竟险些丧命。

秦家拳法流传上百年,要一时破解谈何容易。李拳开始动摇,可是想起家中苦等的妻子,自己如果半途而废,有何面目再见她,又如何对得起死去的孩子。一时又狠下心来，埋头钻研，五年之后终于大功告成。这期间所承受的痛苦折磨却是常人难以想象的。

司马狂徒满意得直点头，为确保万无一失，让李拳先暗中再去试一试。

结果李拳又大失所望：只打了个平手。原来这些年来，秦仁已先后学会了形意拳、八卦掌、鹰爪功等多种拳术。见李拳灰心丧气，司马狂徒宽慰道："他既然学了别派的武功，师傅只好将毕生绝学传授给你。"李拳这才重整旗鼓，两年苦练，竟连司马狂徒都给打败了。

时机一到，司马狂徒一声号令，"尸马帮"倾巢而出，直奔山西秦府。

李拳单枪匹马闯入秦府，三招之内便打断了秦仁的腿。树倒猢狲散，家丁、手下四下逃窜，但秦府早被"尸马帮"围了个水泄不通，哪里还逃得出去。秦仁终于认出了李拳，跪倒在地，直哭饶命。依照帮规，李拳逐一将那班泥腿子的腿打断。那骨头碎裂的声音，听在李拳耳里，简直就是绝响。

李拳大仇得报，说不出的痛快淋漓，十年的艰辛如愿以偿，又是说不出的悲壮愤慨。最后，李拳向秦仁讨要那一千两银子，司马狂徒骂道："蠢徒，这十年是白熬的吗？鸡都会生蛋，何况银子。"屈指一算，又道："年翻一倍，一共五十万两。"秦仁不敢违抗，如数奉上。李拳却只要回一千两，他认为那才是他应得的。

看着银子，他又想起了他的儿子、他的妻子，顿时热泪盈眶。十年了，今天终于能扬眉吐气。他夺门而出，直奔李家村。

家依旧如故，时值正午，烟囱上浓烟滚滚。远远的，李拳便激动地喊着老婆的名字："海莲……"

"相公。"厨房里传来妻子熟悉的声音，依然那样温柔。李拳压抑不住内心的兴奋，竟又喜极而泣。

"相公,去看看外头谁在喊我。"

房内一男子应了声"好",慢吞吞走到门口,却见门外一名似曾相识的汉子突然怔住,一个包裹从他手中滑落,一千两银子在地上散了开来。

小　巷

○林庭光

　　一家、两家、三家、四家……继续往里走，就是我的家。一条很深的小巷，小巷两边的住户，都是三四层高的楼房，因此小巷显得很小很窄。小时候住在这里，到了晚上，我就不敢出门。每每站在门口，望着黑魆魆的小巷尽头，时不时出现的些许光明，总能让我想起聊斋里的故事，我就马上缩回到自己的小空间里，再也不敢出来。

　　我的父亲是一名水手，常年在海上，妈妈在一家工厂做工。我自己上学，早上在小巷的出口一个小吃摊上吃早点，午饭则在学校吃。晚上妈妈下班了，就在家里给我做最好吃的猪手面。妈妈先将面粉倒入盆内，加水和盐和成拉面团，蘸上碱水，晃条，拉成拉面下入开水锅内煮熟，捞入碗内，面上摆上酱猪蹄，然后轻轻唤我："尊儿，过来吃饭。"她坐在我身边，自己不吃，用慈祥的眼神看着我一阵狼吞虎咽。妈妈的表情很复杂。那年我才上小学。妈妈三十多岁的样子，是我们这个小巷里最漂亮的女人。

　　那时候，觉得广州就是天堂。我们这里离市区很远，很多时候做梦，爸爸就是从小巷那边回来的。爸爸绛紫色的脸上带着微笑，手里带着我最喜欢的玩具。但只是在梦中，从未变成过现实。爸爸做水手，只是从妈妈那里听说的。海很遥远，就像是这条很长的小巷一样,我看不到头,琢磨不出自己的思路。

　　其实广州很近,但是妈妈从没有带我去那儿玩过。即使星期天也从来没有离开过小巷。深深的小巷,把我锁在狭小的空间,和妈妈的距离也像小巷般悠长。

　　突然有一天,妈妈牵着一个漂亮的小姑娘回家。小姑娘就像我看过的小人书里的白雪公主一样美丽。她很会说话,一口地道的闽南话,我一句也听不懂。我说:"你说普通话呀。"她看着我,美丽的大眼里闪烁着惊人的光芒。洁白的裙子、乌黑的长发、美丽的面孔让我感觉这就是从天上下来的天使,妈妈让我叫她妹妹。

　　从此我多了一个妹妹,早上我和妹妹一起走过那个小巷,一起去上学,中午一起在学校吃饭,下午放学一起回家。这个妹妹的来历一直是个谜。有时候我在想,妈妈也许在哪里捡了一个妹妹,也许是在海上。妹妹和我有很多话,她告诉我她的爸爸是我妈妈的朋友。妈妈的朋友?我从来没有听说过,也没有看到过妹妹的爸爸。可是妹妹能说出她爸爸的样子。

　　生活就像梦一样,延续着很多传说。终于,有一天,小巷里来了一个男人。这个男人不是我想象中的爸爸,也不是妹妹讲述的爸爸。男人是一名警察。男人穿着警服,从小巷的南边一直往里走,走了很久,在一个老院前边停下来,伸出手来敲门。他敲的就是我家的门。妹妹去开门,领来了那个威武的男人。

　　"孩子们,我要带你们去广州了。"他洪亮的声音在老院里回荡。

　　"妈妈呢?"我抗议,"没有妈妈,我们哪里都不去。"妹妹说:"我们坚决反对。"她的脸红扑扑的,她非常兴奋,她站在我的一边。

　　"孩子们,你们的妈妈到很远的地方去了,我接你们去看望她。"

　　"你撒谎。"妹妹颤颤地说,这样僵持着,一直僵持到夜晚。村委会的陶奶奶来了,流着泪说:"跟他去吧。这是你们的妈妈嘱咐过的。"我们相信陶奶奶，就和那个男人去了广州。

我记得非常清楚，我是一步一步离开那个有着潮湿味的小巷的，走了很久。那个小巷平时很少见的邻居们都站在自己的门口，目送我们离开小巷。我和妹妹被分开了。我住进了一个叫幸福院的地方。后来我上了中学、大学。毕业后，我被分配到我们那个地方当了一名警察，管理刑事档案。在十多年前的一个卷宗里，我看到一张熟悉的照片，我的妈妈。卷宗里的资料显示，在一个小巷里，一个收养了两个孤儿的外来女工，在下班回家的小巷里，遭到了歹徒的侵犯。女工反抗，惨遭歹徒杀害，歹徒几天后被捕。

我的心一下子空了。我的妈妈，在我记忆最深刻的小巷里失去了自己的生命。我决定去看看那个梦中依旧存在的小巷。同事告诉我，早几年拆迁，小巷已经不复存在了。

这一夜，我又梦见了我家那个小巷。小巷里，妈妈牵着妹妹的手朝我走来。

例不书名

○林庭光

　　最近,村里要重修家谱了,与上次修编时隔了 80 年之久,这可是族里的一件大事, 村里的长者和学究们一下子都忙开了。家谱的校对样稿是自家侄子捎过来的。捧着样稿,老李在手里翻了又翻,总觉得这份家谱里少了什么,看着心里别扭。反复细看,不对劲的地方看出来了,那就是对自己的表述的那一段,什么"第三十二代孙(不肖)",这就结束了。

　　老李就不明白了,自己也曾经当过一任村干部,也曾出过书,也曾是当地赫赫有名的企业家。虽然那都是也曾,但是也是自己的辉煌呀,这家谱是留给子孙后代的,就这么一笔带过也就算了,还加上"不肖"两字,也太不像话了吧? 按说,写家谱就是他老李的事情,怎么着自己也是家族里的笔杆子。可这都绕过自己了,老李感到堵得慌,他决定去找老爷子五叔。

　　五叔在宗祠里布置家谱百米长卷的摆放位置,几个村里的老学究也在那里忙活着。老李进来的时候,大家似乎没有看见他。老李咳嗽一声。五叔看了看他:"有事吗?"老李看了看那几个老学究在偷偷地笑。老李拉了拉五叔的手:"叔,借一步说话。"

　　叔侄两个站在院子里,院内那棵古老的凤凰木还是老李的爷爷栽的,红花遮挡着烈日,现在已经把整个宗祠大院都覆盖了。五叔看了看老李:"什么大不了的事情,你没看我正忙着吗?"老李举了举手里的家谱:"这玩意儿是谁编的?"五叔:"你没长眼睛吗,是市里的史学专家杨教授。"老李听了:"呸,你们找谁不好,怎么找他呀,你看他把我写成什么样了?"五叔看了看他:"怎么了,能让你进家谱就不错了。你看你都干了什么事情。开个五金加工厂,不办环保审批就偷偷开工,超标的废水直接排入地下,这可是断子孙后路的丧天害理事。我告诉你,我就是故意找杨教授按家训写的。"老李气得脸都青了:"叔,这家谱得重写。"五叔看了看他:"门儿都没有,爱咋咋地。"

老李回到家里,雪花已经做好饭了,就等着他回来吃。老李坐在饭桌前,怎么也吃不下。雪花看了看他:"怎么了?"老李没好气地说:"还不是市里的老杨,写我们家的家谱,我被忽略了。他在整我呀,家谱,那可是要留给子孙后代看的呀。"雪花不高兴了:"屁,现在,谁还稀罕那破玩意儿。你说家谱重要,还是赚大钱重要?"媳妇一说,老李觉得还真是那么回事。

家谱的事情就算过去了。又过了一周,突然电话铃响了,是五叔的电话:"牢狱三年,以为你会悔改。想不到你又重操旧业,弄个无证养猪场搞私宰,村委会已经向联合执法队举报了。告诉你,家谱修改了,你的名字和'不肖'都已经删去了,在第三十二代前边,按村规改为'例不书名'四个字。"

老李抓话筒的手一下子瘫软了。雪花忙推老李,老李嘴歪眼斜,怎么也说不出话了。

钓

○林庭光

钓是一种乐趣，老何喜欢上钓鱼也就是退休后的事情。没有退休的时候，他最讨厌那些没事拿着钓竿到处找鱼塘垂钓的人，他觉得这些人就是不务正业。退休后，老何确实没事干了，在家里坐站都不是滋味，在村里左右没有自己说话的地方，也没有对劲的人能够坐下来说句知心话。老何是从计生办退休的，前几年自己当主任的时候，来找自己办事的人很多，没想到自己退休后，大家却都敬而远之，就连平时和自己最亲近的村委会主任都绕着自己走。老何觉得很没趣。

开始他觉得养鸟不错，一些退休的人喜欢遛鸟，他也买了只鹦鹉，可是当他拎着鸟去凑群的时候，大家都主动散开了。老何不知道自己怎么得罪大家了。自己就是按照上级指示，做了些工作。虽然前几年也拉倒几座房子，还带头到超生户家里，把怀孕的妇女拉到手术台上，做了几次引产，但毕竟是工作。上级有任务，自己就是一个执行任务的人，自己年年先进，年年领奖，在自己的带领下，镇政府年年是计划生育先进单位，怎么会有错？老何觉得自己挺委屈的。

后来一个偶然的机缘，老何尝试了一下钓鱼，自己一个人找一个僻静的地方，坐下来，把钓鱼竿放下，把鱼饵放好，等着鱼儿上钩。看着平静的水面，老何突然觉得钓鱼确实不错，其实要的就是一个耐心。

老何一连几天都在这个地方等待鱼儿上钩,这个地方很好,没有风,没有烈日,没有闲杂人员。老何可以在这里沉思,回想回想自己是怎么得罪人的。自己的老同学找过自己,三代单传的他就想生一个儿子,让老何想想办法,老何还是把老同学的儿媳妇拉到手术台上。老同学指着自己大骂,说自己缺德。老何没有觉得缺德。现在单独二孩政策出台了,老同学的儿媳妇却已经到了闭经的年纪。老何觉得自己开始心痛,头开始发胀。

鱼竿上的线开始蠕动,老何开始拉鱼竿,慢慢地绞线,鱼竿的那一头似乎很吃重。是不是出现了大鱼,自己开始有收获了?但是,让老何很失望,拉上来的,是一些杂草,杂草里裹着什么东西。老何感到很晦气。他几乎要放弃这个鱼竿了。

鱼儿还是上来了,但老何没有任何收获的兴奋。看着挣扎的鱼儿,他似乎又看到那些孕妇们挣扎的影子。老何的眼眶里感到有些潮湿。

水塘的水面依旧平静,里边的荷花开始绽放。一对鸳鸯在水面上自由地游走。老何把那条挣扎的鱼儿放到水里。他从来没有感到这么内疚过。鱼儿并没有惹自己,是自己多事来到这里,给鱼儿们找麻烦。老何觉得愧对这些小动物。他干脆把鱼竿毁掉,呆呆地站在水塘边,怔怔地看着水面。老何哭了。

月儿的守望

○路玉荷

　　小村很小，十几户人家，在山里，很深的山，所以，小村就跟与世隔绝了似的。

　　1967 年的时候，从山外来了七八个人，是地质队的，头戴白色的太阳帽，身着蓝色细帆布工作服，先肩扛驴驮从山外弄来些箱子，接着在小村旁的一个山坳里支起绿色帐篷，然后每人带一把小锤，每天到山上或者沟里去鼓捣石头。

　　地质队像一股清新的风，让小村人的眼里全都是新鲜，他们走进地质队员住的帐篷，看他们噗噜噗噜地刷牙，一块一块地摆弄石头，用很香很香的香皂而不是用草木灰洗衣服。

　　这些去观看的人中，自然有小村最俊俏的月儿，那年她刚满 18 岁，正是容易怀春的年龄。地质队里 23 岁的金星，让她一见便永远也忘不下。当然，金星对漂亮的月儿也十分喜欢。

　　地质队一共住了二十天，装了两木箱子石头，然后就走了。临走时，金星将自己的一支钢笔送给了月儿，月儿则悄悄将一个绘有龙凤图案的漂亮的瓷茶盅交给了金星。

　　之后，便一年一年地过去了。

　　金星在省城结婚生子，接着将两个儿子养大，然后在 59 岁时送走了病逝的老伴,60岁时退休了。退休了的金星由于老早就有收藏的爱好,所以就专门玩起了收藏。

一天,他把那个茶盅又翻了出来,反复把玩,觉着是个物件,又拿不准,就找了几个人来看,也拿不准,金星便将它带到了中央电视台的鉴宝节目。专家评估后,说是明朝宣德年间的一个东西,由于盅与钟情的"钟"谐音,所以,曾经是一个地方上女子用来送给男子的信物。20世纪60年代末时,个别的地方还有这种风俗,如今,已没有听说过,这种东西也很少见到了。前几年香港的一次拍卖会上曾出现过一个,价格30万元人民币。

面对这个令人震惊的结论,金星回到家后,怎么也睡不着了,左思右想,觉着这么贵重的东西,还是把它还给那淳朴的姑娘吧。于是,他和儿子们说了一声,就打听着,前往小村。

月儿自从把代表自己一颗心的茶盅交给金星后,就将自己交给了等待与守望,因为按照小村的风俗,男子接受了女子送的茶盅后,就表示也接受了女子的爱,过不了几年,就要来迎娶了。但当时金星不懂得,而月儿又不知金星不懂,月儿就一年一年等。

人们曾一次次告诉她:"山外的人靠不住,你钟情的人不会来了。"

但月儿总是拿着金星的那支钢笔说"他会来的",还是等。

一晃,39年过去了,月儿57岁了,漂亮的姑娘,成了满脸沧桑的老太婆了。

金星流着汗走进小村时,月儿正在村口砸豆子。由于他在山下已听说了月儿的故事,所以,当他确认面前的老妇就是当年的月儿时,泣不成声,哆嗦着说:"月儿,我是金星啊,我,我来晚了!"

月儿辨认着已白了部分头发的金星说:"你当真是当年地质队的金星?"

金星说:"对,我就是。"

月儿说:"那你是来娶我了?"

金星说:"对,来娶你了。"

月儿就笑了,对围观的小村人说:"我说他会来的嘛,这不就来了。"

胡同里走出的朝阳

○路玉荷

　　他紧盯住前面的目标，走在深夜的大街上，目标快，他也快，目标慢，他也慢，始终有七八米的距离，等待着机会。

　　当然，他是紧张的，非常紧张，因为他还没有做过这样的事情。五分钟前想要做，也是在看到目标后临时决定的。那时，作为无业游民的他，才从一个由地下室改装成的录像厅里出来，被那些赤裸裸的画面晃得整个十九岁的心里都火烧火燎的，他控制不住自己了。

　　前面左拐，是一条长长的胡同，没有灯光，视线相当暗，左右一看，连个人影子都没有，他觉着该下手了，不由加快了脚步，朝目标而去，想，看你还往哪儿跑。

　　目标是她，刚下夜班。以前每当下夜班时，都是由爸爸接她，可今天爸爸病了，只好自己回来。算起来她已被爸爸接了一年多了，也没发生过什么事儿，没想到今夜就被人盯上了，曾想摆脱，但没成功，作为一个二十岁的女孩子，心里的恐惧可想而知。

　　她的家就在胡同里，在最深处，她曾想朝里跑，但没有，因为此时倘若进去，无异是在助他成功。

　　怎么办？又没有其他人。

　　情急之中，她强按住已跳到嗓子眼的心，稳稳几乎就要站不住的腿,转过身冲他喊:"大哥。"

太突然了,他不由一愣怔。

"前面的路我害怕,把我送过去吧。"

他的思路一下子有些乱了。

"快点呀大哥。"

"啊……啊……"他有些回过神来,到了她的身边。

他还想动手,她却一下子拉住了他的手,指着胡同深处说:"你看里面多黑呀。"

她的手在抖。其实他的手也在抖。

"嗯……嗯嗯。"

"亏你来了。这下好了,有大哥在我就不害怕了。大哥,我不会耽误你回家吧?"说着,她把肩上的包取下来,挂到他的肩上。

他只好应和着:"啊,不,不会。"

"不耽误就行。大哥,一看你就是个好人。"

"好人?啊,好……好人。"

"现在虽说社会上还有坏人,但像你这样的好人也挺多的,是吧?"

"啊。"

"就前天夜里,这胡同里就有一个坏人想对一个女孩使坏,结果那女孩一吆喝,呼啦啦跑出来一堆人,一下就把那坏人给抓住了,派出所里一审,你猜怎么着,是个强奸犯。警察说,他才二十岁,你说这么年纪轻轻的,十年八年的从监狱里出来后,丢人现眼不说,那不什么也都给耽误了吗?"

他感到心虚了。

她说:"听说他妈知道他出了这事后,一下子就躺倒了,现在还在医院里呢。这闹的,要是有个好歹,你说……你说……唉!"

{ **165** }

他脸红了。

"大哥,据说有的人吧,其实平时并不坏的,犯罪时的心态形成也只是刹那间的事情,结果却酿成了终生的遗憾。"

他出汗了。

"所以人哪,就要时时把握好自己,你说对吧。"

"嗯!"

"大哥,我到家了。送了我这么长时间了,还没告诉我你叫什么哩。"

"张朝阳。"他脱口而出。说完,又有些悔意了。不过他想,又没做坏事儿,怕什么?

"那,张哥,谢谢你了。"她取下他肩上的包,开开院门。

"再见。"她伸出手。

他看了看她,也伸出手,和她的手握了,还互相晃了一下。

"有空来玩。"她对他笑笑。

"哎。"他望着她,也笑笑。

她进家了。

他则搓搓满手心的汗,长长地出了口气,像卸了一副沉重的担子,一身轻松从深深的胡同里返了回来。

大街上,一片明亮。

开在冬天里的白棉花

○袁　浩

白棉花并不是花，这是我所知道的。

可整个一个冬天，我都是在那簇白棉花惨痛的白光中长大的。白棉花熠熠的白光似乎也就成为孩子堆中我的标记。

爹刚给我买的滑雪衫，今年可流行哩。爹当队长的山根站在村口不无炫耀地对我们说。我摸摸，我摸摸。一群好奇的小手纷纷伸向了山根。

真滑溜，真好看哩。

暖和吗？

那当然！山根一脸的神气活现。

没过两天，家里开代销店的大永也穿上了件新棉袄趾高气扬地出现在我们中间。

山根，滑雪衫还真是暖和哩。

我跟其他的孩子也都一窝蜂地跑回了家。

娘正在锅灶前一针一线地纳着鞋底，一针一个眼，一拽一条线。

娘，人家都穿滑雪衫过冬哩。我小声嘟囔着。我也想让娘给我买滑雪衫袄子穿。

你身上的棉袄不是好好儿的吗？

可我就是想要穿滑雪衫嘛。我不无撒娇地冲娘说道。

那你去牛屋问你爹要去。娘和风细雨似的说。

爹在我家的牛屋正用稻草秸秆编做过冬穿的草窝底鞋。

啥,滑雪衫?你的棉袄又不是不可以穿。爹有点不耐烦,更显出一脸不高兴的样子。

我怕爹,所以只好又乖乖地走到娘跟前闹。

你和爹为什么都不给我买滑雪衫,难道我不是你们亲生的?我大声嚷着。

娘听了,笑着说,你是谁生养的,那你就去找谁要去好了。

我的哭闹最终还是把好犯牛脾气的爹引来了。顷刻间,我的脸上就被爹狠狠地扇了两记耳光。

我哭跑着离开了家门。

站在我家门前的那条小河流的岸边,朔风劲吹,我的心在流泪。

这时,爹手持一根荆条凶神恶煞般地又追撵了过来,娘也紧跟其后。

爹高高扬起那根呼呼带响的荆条,见我就抽打起来,我被娘给挡住了。于是娘的手上便落下了几道重重的荆条印痕。

我哭了,娘也跟着我哭了。

娘便跟爹吵起来:

有能耐别冲我们娘儿俩,有本事你就去给娃买滑雪衫袄子去!

爹这下在一旁屡弱地不说话了。爹是老实头,这在小村都是知道的,可就是打起我和娘来却厉害得很。

晚上回家,娘做好了晚饭,也陪着我并不吃。

第二天一早,娘就喊我赶紧起来吃饭,吃饱饭好去上学。娘还语重心长地摸着我的头直掉眼泪珠子,说,娃,好好念书,啊!

我一口气吃下两大碗热乎乎的白薯稀饭,气呼呼地走了。

小学校好多同学都已穿上了滑雪衫,红黄蓝绿,一片七彩的童年。我没有,我落落寡合地行走在他们的身边。我的心情很沮丧。

体育课上,别的同学都舍不得穿新买的滑雪衫运动,就我拼了命似的拍打着小学校那个唯一的破皮球。我的心情在发泄中舒畅了许多。

可就在我弯腰捡球的一刹那,操场上那副破铁篮球架上的刺条"扑哧"一声刮破了我的棉袄。瞬间在我的肩头便露出了一簇像雪一样白的白棉花出来。

我气愤地将整团棉花絮都往外拽,我想让我肩头的白棉花露得更多一些。

晚上放学回家,娘见了,就一针一线地替我缝补好了撕破的洞口。

可第二天,我又故意把针线口给撕开了,我就一个想法:我想让肩头的那团白棉花在阳光下怒放……

于是整个一个冬天,我都在那团白棉花毒蛇一样的白光中成长。白棉花那熠熠生辉的白也便成了孩子堆中我的标记。

年底的一天,我拿着小学校发的成绩单上的两个红彤彤的 100 分给爹和娘看。

爹笑了,娘却又哭了。

那年我 12 岁,身穿着那件盛开着白棉花的棉袄,在寒风飒飒中昂首迈步走向学校和人群。可直到现在,我的脑海中还时不时浮现出那惨痛痛的白。